Fan
ファン文庫

伊達スタッフサービス

摩訶不思議な現象は当社にお任せを

著　たすろう

JN220254

マイナビ出版

CONTENTS

プロローグ

（ああ……やっぱりここは嫌な感じがする。仕事じゃなかったら絶対に近づきたくないな）

誰もいない夕暮れ時の高層マンションの建設現場。周りと仕切られた資材置き場になっているスペースの中心に立ち、麻衣《まい》がそう思ったとき、それは突然に起きた。

綺麗に積み上げられ、ワイヤーで固定されていた大量の鉄製の単管が、大きな音を立てて崩れたのだ。

「キャーー!?」

眼前に起きた信じられない光景に、思わず麻衣は悲鳴を上げてしまう。

その単管は建設現場を囲う臨時の壁を支えるために、安全第一でマニュアルのとおりに横たえて積み上げられていた。本来、巨大工機のようなもので大きな力を加えなければ、このように動くことなどあるはずがない。

だが事実、大量の単管が前触れもなく崩れ落ち、周囲を覆いつくした。

膨大な量の建設資材が崩れ落ちた影響で、高層マンション建設現場の敷地内に土ぼこりが発生し、視界が悪くなっていく。

（なんなの!?　今、資材が勝手に動いたように……ってそれどころじゃない！）

たった今、その不可解な資材の倒壊に巻き込まれた先輩がいる。

「真田寺《さなだじ》さん!?」

ハッとした麻衣は、我に返って大きな声を上げた。

このマンションの建設現場を訪れたのは、麻衣を含めて三人。

麻衣に加え、麻衣の新しい職場の男性、女性の先輩で、今日初めて顔合わせをしたばかりだった。

その日、十五時に事務所に呼び出され、このふたりに出会ったとき、どちらも飛びぬけて整った容姿の持ち主だったので、麻衣が妙に緊張してしまったのはつい先ほどのこと。

その男性の先輩、真田寺燈二《とうじ》がこの土ぼこりの中心にいるはずなのだ。

もちろん全員が「安全第一」と記載されたヘルメットを着用していたが、これだけの惨事で、それがどこまで効力を持つのかなんて麻衣にはわからない。

麻衣は体温が下がっていくのを感じ、これが血の気が引くということなんだと思った。

すると……やや薄らいできた土ぼこりの中から、平坦で抑揚のない声が聞こえてくる。

「チッ……意外にすばしっこい奴らだな。それに力も強い」

「あ……真田寺さん！　無事なんですか!?」

土ぼこりの中から聞こえてきた声に麻衣は安堵と驚きの混じった声を張り上げる。

これは、生存してさえいてくれれば御の字と思うほどの大惨事だ。

ところが……視界が開けてくると、そこには何事もなかったようにため息をつく青年がいて、自身の眼鏡の中央に指を添え、位置を直している。

「ちょっと！　燈二君、しっかりやって！　こちらには新人がいることを忘れないで」

同僚が命に関わる大惨事に巻き込まれたにもかかわらず、もうひとりの先輩、風花冷歌《かざはなれいか》が燈二を叱咤した。

さすがにそれはない、ここは無事で良かったと喜ぶべきじゃないか、と麻衣は思う。

「わかっていますよ、冷歌さん」

だが、答える燈二も淡々としている。

まだ驚きが冷めやらない麻衣だったが、ふたりの会話の内容とトーンに妙な違和感を覚えた。これほどの恐ろしい出来事があったのにもかかわらず、まるでふたりは、事故とは別のことを話しているように思える。

艶やかな黒髪をひとつに束ね、ヘルメットを着用している冷歌は、周囲を警戒するように目を配ったかと思うと、ハッとしたように麻衣に顔を向けて大きな声を上げる。

「麻衣ちゃん！　そっちに行ったわ、気をつけて！」

魅惑的な切れ長の目で知的な物腰のこの先輩が大きな声を上げるなんて、麻衣には新たな違和感だったが、冷歌の表情は真剣で切迫している。

しかし、言っている意味はわからない。

「……え？　そっちに行ったって……なにがです……かーー!?」

麻衣の目と口が大きく開いたまま時間が止まる。

今、なにかが通りすぎた。

自分の両脇を猛スピードで。

それは間違いない。

何故なら、なにかが通りすぎたと思ったと同時に麻衣の周囲に突風が巻きおこり、麻衣の肩まで伸ばした栗色の髪が、背後に激しく引っ張られるように靡《なび》いたのだ。

「れれれ、冷歌さん！　なんですか!?　今のなにが来たんですか!?　今、黒いなにかが通りすぎて……」

「大丈夫！　今のはこいつらがあなたを品定めしただけよ。ふむ、しっかり見えているようね。しかも、体もあれに反応している。うん、資質は問題なし……と」

冷歌は、なにか納得したように頷きながらメモを取っている。

「こ、こいつら？　って、冷歌さん、なにをメモってるんですかー!?」

いまだに状況が摑めない麻衣は、涙目になりながら声を荒らげる。

「また来たわ、麻衣ちゃん！　その場から離れなさい！　次は仕掛けてくるわよ。燈二君、警戒して！」

「はい」

「だから！　なにが来たんですかー!?」

麻衣は涙目で新しい職場の先輩に叫ぶと、意味もわからず、とにかく言われたとおりにその場から走り出した。

その直後、麻衣が今までいた場所に鉄製の単管二本が突き刺さる。

「ひっ！」

現状、立場、事態、そのすべてが麻衣の脳の処理速度を超えている。

麻衣がわかっているのは体中に走る悪寒と、自分の動物的な勘が教える「ここは危険だ」という警告、そして、二ヶ月ぶりに袖を通したスーツは動きづらい、ということだけだ。

「いい反応よ！　麻衣ちゃん。それに日の光が漏れている方向に逃げたのもいい判断だわ！」

「ななな、なにを言ってるんですかぁ！　そんなことより……」

「後ろを見て！　なにが見える？」

麻衣は恐怖でなにも考えられなかったが、チラッと……背後を確認。

「なにって……ひーー！　冷歌さーん！　黒いものが！　黒ずんだボール的ななにかが複数……え？　顔が！　顔が浮かび上がって……嫌ぁぁぁぁ!!」

「すごいわね！　この相手の輪郭をもう感じ取るなんて。あれは奴らの集合体なのに」

「なんで、そんなに冷静なんですかぁぁ!?」

麻衣に感心しながら、冷歌が自社で作成したオリジナルの人材評価シートにチェックを入れると、横に現れた燈二が呆れた様子で腰に片手を置く。

「今回の新人は……ずいぶん騒がしい奴ですね。仕事の説明は受けているのでしょう？それに危なくなったらすぐに僕らがなんとかすると」

「彼女は初めてだから仕方ないわ。でもたしかに慌てすぎね……ヘルプのサインを忘れてしまったのかしら」

「誰が説明したんです？」

「それなら炊亨《すいきょう》がすでに説明をしているはず……うん？　まさか……」

「ひゃーー!!　まだ来るーー!!」

「「……」」

冷歌と燈二は、互いに目を合わせると、ふたりの形の良い眉がピクピクと痙攣した。顔には明らかに「あ、これはまずい」という言葉がにじみ出ている。

ふたりはゆっくりと敷地内を走り回っている麻衣に顔を向けた。

今の麻衣の表情からは女性としての矜持《きょうじ》は消え失せ、異性にはとても見せられない形相。

「だずけてぇぇ!!」

「あの社長《アホ》はぁぁぁぁ!!　あれほど説明はしたかと確認したのに！」


事件が起きたのは、大手ゼネコンの手掛ける高層マンションの建設現場。麻衣は前日、登録したばかりの派遣会社から早速の仕事の依頼を受け、ここに連れられてこられた。

連絡があったのは今朝。麻衣は眠い目をこすりつつ最近はその用を成していなかった携帯電話に出ると電話の主は昨日、偶然出会った人材派遣会社『伊達《だて》スタッフサービス』の社長、伊達炊亨その人だった。

そして、開口一番。

〝やあ、おはよう、麻衣ちゃん、昨日ぶり！　早速仕事があるからさ、今日十五時に事務所に来てくれる？〟

「……あ。伊達さん、おはようございます！　え⁉　今日ですか⁉　もう仕事の依頼があるなんて……すごい。どんな仕事なんですか？」

「あ、たいした仕事じゃないから大丈夫！　内容は業者の人たちが帰ったあとの建設現場の作業の進捗具合のチェックや、安全マニュアルに沿って資材などが保管されているかどうかの抜き打ち調査だよ。今日一日だけのものだし、まあ、あとは土地の悪霊……じゃなくて！　土地自体の安全性を見るみたいな？」

「……え？　私、そんなことができる資格や技能はないですけど……」

「ああ、問題ない、問題ない！　これは麻衣ちゃんの研修も兼ねていて、ふたりの優秀な先輩について行くだけの簡単なお仕事だから！　麻衣ちゃんはただ、見ているだけでいいの。いや、いてくれるだけでいい！　どうだい？　今日、平気かなぁ？」

それを聞き麻衣は眠気を吹き飛ばし、元気よく「はい！」と答え電話を切る。そして昨日の今日でもう仕事が舞い込んできたことに大喜びで小躍りしてしまった。

麻衣が、新卒で勤務していた医療機器メーカーを退職したのち、派遣社員として一年働き、契約更新がなされないまま派遣会社からはなんの音沙汰もなく、二ヶ月が経とうとしている。

さすがに懐が心もとなくなってきて、生活に焦りを感じてきた時の仕事の依頼だ。

「ああ！　出会い、って本当に人生を左右するものなんだ！　私はなんてついてるの？」

麻衣はこの時、心からそう思った。

テレビなどで見るドキュメンタリーやドラマ、また、小説などで知る人と人との出会いは、その人に新たな経験を与えてくれるものが多かった。いや、場合によっては人生の新しいステージを迎えることだってある。

それがなんと……自分にも起きたのだ。

(昨夜、私は立派なニートだとやさぐれて、初めてひとりで入った居酒屋で人材派遣会社の社長と出会う、なんていう幸運があると思う？　いや、誰も思わないよね！)

麻衣は鼻歌を歌いながらクリーニングに出した後、一度も身につけていないスーツをキャビネットから取り出す。

麻衣は雲の上を踊るように回転し、スーツをベッドに投げたのが今日の朝のこと。

そして今……、

「嫌ぁぁぁぁぁぁぁぁぁぁぁ!!」

麻衣はある意味、人生において新たなるステージを迎えていた。

麻衣に迫っている事態は、通常ほとんどの人間が一生経験をしないもの。

たとえそれが目の前にあったとしても、見えず、感じられず、気づくことさえないもの。

一般的にはオカルト現象、もしくは霊的現象と言われているもの。

そういうものと、今この時……。

心身ともに健康、視力、聴力問題なし、頭脳明晰……と言われたことはないが、平均値ではあると信じている二十四歳女性、川伊地《かわいち》麻衣は遭遇していた。

「燈二君！　すぐに片づけて！」

「……わかりました」

「はわわわぁーー!!　なんでこんな目にぃぃ！」

麻衣は混乱と恐怖と向き合いながら、何故、こんなことになったのかと自問しつつ、昨日、出会った伊達炊亨なる人物のことを思い出していた。

第一章　変わるチャンスは居酒屋で

「はあ〜」

夕食の買い出しを終えた麻衣は大きくため息をつく。本物のため息というのは、自分でもコントロールできないものなんだなぁ、などと考えながら麻衣は肩を落とした。

世の中はかくも厳しいものかと、麻衣は重い足取りで商店街を歩いていた。

約二年前に地方の大学の経済学部を卒業後、就職のために上京した。中堅医療機器メーカーの営業づきの事務職で採用され、大学の友人たちからは良い就職先でかつ東京配属ということを羨ましがられたものだった。

ところが、働きはじめてすぐに麻衣は気づいた。

あまりに長い拘束時間、なかなか取れない、あるはずの有休。会社説明会では土日祝日は休みと聞いていたが、年中無休の医療現場を得意先とする仕事柄、実際には土日の出勤も多かった。

根が真面目で素直な麻衣は、働くということはこういうことなのだと、文句も言わずに仕事に勤《いそ》しんでいたが、それは確実に麻衣を心身ともに疲弊させていった。

ある時、大学の友人が早くも結婚することになり、式に招待されたので上司に休暇の申請を出したことがある。

「結婚式ねぇ……川伊地君は新人とはいえ、九月は会社の半期の決算月というのは知っているんだよな？　その月が営業にとってどんなに忙しいか、新人の君でもほんのちょっと想像を働かせれば、さすがにわかると思うんだが？」

「……え？　あ、はい、もちろんわかっているつもりですが、大事な友人の結婚式ですので出席したいんです。前日までには、すべて仕事を片づけていきますから……」

上司のまさかの態度に麻衣は狼狽《うろた》えたが、ここは必死に頭を下げる。

その後、度重なる上司の嫌みにも耐えて友人の結婚式に参加し、就職後一度も会っていなかった大学時代の懐かしい面々とも再会することができた。そして、昔話に花が咲き、また、互いの現状を話していくうちに麻衣は愕然とした。同じ時期に働きはじめたはずの友人たちの生活が、自分とまったくかけ離れていることに気づいたのだ。

趣味や旅行の話、そして、最近出会った異性との恋愛話などなど……。生き生きとした表情で語る友人の話を聞きつつ、麻衣はひとつ重要なことに気づいた。

(私、この半年、こんな風に笑ったことが……一度もない！)

他人の現状を知って自分の惨状を知ったのだった。

日常に戻り、相変わらずのブラックな状況に、ついに耐え切れなくなった麻衣は、もう一度自分らしさを取り戻そうと一念発起し、会社を一年で退職した。

その後、転職活動をしながら、大手派遣会社に登録し、一年間電機メーカーに派遣され電話オペレーターとして働いた。収入は当然下がったが、派遣の仕事は以前の会社のような辛さはなかったので、麻衣はそれなりに満足していた。

ただ、このオペレーターの仕事が性分に合っていなかったのか、マニュアルどおりの対応がなかなかできなかった。何度か常連のクレーマーと思われる客の対応に失敗があり、数度、上司を引っ張り出す事態を招いてしまった。

それが響いたのかはわからないが、二ヶ月前に派遣延長はないと言われ、新しい派遣先の話もないまま今に至り、貯金を切り崩しながら生活していた。

(私、大学時代、なんの資格も取らなかったのがいけなかったのかも……。簿記でも秘書検定でも受けておけば少しは違ったのかなあ。そういえば、周囲はみんな資格試験のために勉強してたのに……私、やりたいことも、将来のこともなにも考えてなかった)

麻衣はもう一度、大きなため息を漏らした。

「状況が厳しくなってから気づくって、一番ダメなパターンじゃない！　こんなんじゃ、お母さんになんて言われるか……」

少ない持ち金から最低限の食材を購入して、ひとり暮らしのアパートに帰宅途中、麻衣は立ち止まる。今に至る経緯を思い出して、わずかに残っていた自分への自信や楽観がなくなっていくのを感じ、だんだんと悲しい気持ちに覆われていく。

麻衣はしばらくそのまま、立ち止まっていたが突然、首を振り、買い物袋を持ちながら胸の前で両手を握りしめた。

「落ち込んでても、なにもはじまらない！　私は本来、明るい性格だったはず！　よし……

もう一度、立て直すんだ！　私の人生を！」

　と、気を奮い立たせるが、今すぐ就職先が見つかる妙案などあるはずもない。

先日、派遣会社に次の仕事について相談をしたが、その後なんの返事もない。先週、ようやく面接にこぎつけた、前職の会社と同業のメーカーからは不採用の返事をもらったばかり。

　麻衣なりにやれることは、すべてやっているつもりだ。

（……私にはなにが足りないのだろう？　努力？　才能？　やっぱり資格や技能？）

　しかし麻衣は、本当はわかっているのだ。自分が今、なにを明確にしなければならないかを。

　まず第一に、自分のしたいことはなにか、ということ。

　麻衣は自分の夢や人生の目的を明確にできないのだ。

　誰かの役に立っているという充実感が欲しい、という曖昧な理由から医療に目をつけた。だが、経済学部出身の自分がいきなり医療の現場を目指せるわけがないので、医療機器メーカーに入社した。その結果がこれだ。

　それと、もうひとつは自分の特性だった。

　麻衣は自分のしたいことや適性、能力が明確にできないため、自分の力が発揮できる業種や職種を選べないのだと悩んでいたのだ。

（なんの役にも立たない、むしろ消し去りたい能力ならあるんだけどなぁ）

などと考え、麻衣は肩を落とす。

「あ〜あ、もう深いこと考えるのはやめよ……暗くなるだけだし！　もういいよ、明日は明日の風が吹くんでしょうよ」

妙にやさぐれた気持ちになった麻衣は、フラフラした足取りで商店街を抜けようとした。

するとその時、鶏肉の焼ける香ばしい匂いが鼻腔をくすぐった。思わず麻衣はその匂いの発生源に目を移す。

最近オープンしたばかりにもかかわらず味がいいと評判が立ち、平日でも客が絶えない居酒屋『トリガスキー』の暖簾のかかった入り口が、麻衣の視界に入った。

麻衣は視線を『トリガスキー』から、中身の乏しい自分の財布に移す。

「……」

自然と足を止めた麻衣の中で、明日以降の生活を大事にしようと主張する勢力と、今日だけを大事にすればいいと甘い言葉を囁く勢力が戦いをはじめた
「へい、いらしゃい！　おひとり様ですか？　カウンターへどうぞ！」

そこに突然、威勢のいい男性の声が響いた。

そして気づけば麻衣は店の暖簾をくぐって、カウンターの一席に腰を下ろしていた。

(ああ、私はいったい……!?　さっきの私の中の葛藤はなんだったの!?)

「お嬢さん！　飲み物はなに……ってどうかされましたか？」

自分の甘さに頭を抱える麻衣に、店の大将が声をかける。

「あ！　いえ、なんでもないです！　えっと……あの、生ビールをください」

「へい！　生一丁！」

「はい、よろこんで！」

大将の大きな声が上がると店員からも元気な唱和が入り、手際よく麻衣の前に生ビールのジョッキが置かれた。

生活に不安を抱えているのにこんなことをしていていいのか、という思いが脳裏をよぎるが、白い泡と黄金色の液体の絶妙な比率は不思議と麻衣のテンションを高めていく。

（もういい！　こうなったらバイトでもなんでもやってやる！　もう正社員へのこだわりは捨てればいいの。そう、今日から私は立派な……ニートレディよ！）

やさぐれ具合も一気に上昇した麻衣は、手にしたジョッキを勢いよく傾けた。

「ぷは～、うんまい!!　染みわたるー」

麻衣がビールに口をつけたタイミングを見計らったように店員が注文を取りに現れる。実にリズムのいい応対だ。

「焼き鳥ください！　あそこに書いてあるおすすめのものをとりあえず一本ずつ！」

ビールのおかげなのか、ひとり居酒屋デビューを飾ったばかりの麻衣の緊張は解れ、周囲を見回す余裕が出てくる。

居酒屋に入るにはやや早い時間だが、席はそこそこ埋まっており、今もお客がひっきりなしに入ってきている。麻衣は良いタイミングで入店できたようだ。

（勢いで入っちゃったけど……たまにはこういうのもいいのかもしれないなぁ。私、最近、ずっと気を張り詰めすぎていたのかも…………うん？）

その時……ひとりで入店してきたＯＬ風の女性に麻衣の目が留まった。自分と同様にこのような居酒屋にひとりで入ってきたからということもある。

だが……彼女の姿が麻衣の目を奪った主な理由はそこではない。

「お？　美恵《みえ》ちゃん！　どうだい体の調子はよくなったかい？」

彼女は、大将の知り合いか常連であるらしい。大将の言うとおり、たしかにその女性の顔色は悪い。生気のない顔色がその女性の魅力を奪っているように見える。

「それがまだよくならなくて……どこの病院に行っても悪いところはないって言われるんだけど、私、疲れてるのかなぁ」

「美恵ちゃん、働きすぎじゃねーのか？　こっちに引っ越してきてからずっとその調子だもんな。まあ、無理はしねーで少し気晴らししていきな」

「うん、ありがとう、大将」

その美恵と呼ばれた女性は元気なく返事をして、麻衣の座るカウンターの逆側の店の入り口付近に腰を下ろした。

麻衣は軽く眉根を寄せながら視線を美恵の背後の空間に移し、その直後なんとも言えない困った表情になった。

（うわぁ、あの人……よくないものを連れてるなぁ）

これが女性が店に入ってきた時、麻衣の目が奪われた理由だ。

もし、麻衣がこの言葉を口に出し、誰かが聞きでもすれば、ほぼすべての人間がいったい、なにを言っているのか？　と思うことだろう。そして、その後に自分に対してどのような印象を持ち、どのような扱いをするのか。それは麻衣にもわかっている。

というより……今までの経験で痛いほど身に染みていると言っていい。

だから、決して口には出さない。

実は麻衣は幼少の時から他人には見えないものが、見えるという性質があった。つまり……簡単に言えば、麻衣は霊感なるものが非常に強いということだ。

麻衣がその片鱗を見せたのは小学校に上がる頃だ。父方の祖母の葬儀に出席し「さっき、おばあちゃんが、写真の前に浮かんできて、お供え物に羊羹がないって悲しんでたよ！」と周囲に元気よく伝えると……両親をはじめ、多くの親戚たちは大いにドン引きした。

その時の麻衣には周りの人が見せた反応の意味がわからなかったが、その後、何度か似たような経験をしていくうちに、どれが自分にしか見えないもので、どれが皆にも見えているのかを考えてから発言する癖ができた。

そんな過去の苦い経験から、この能力については誰にも口外しないことにしている。

（あれは必ずしも悪いものとは限らないんだけど……彼女のはきっとダメなやつだ。どうしよう……っていっても伝えたところで変人扱いされるのがオチだよね。ああ……最近はほとんど見なかったのに！　なんでこんなところで遭遇しちゃうかな！）

せっかく上がった麻衣のテンションは下降していき、美恵のことが気になって気になって仕方がない。美恵にまつわる情報がいくつも映像になって麻衣の中に飛び込んでくる。

(彼女……引っ越し先が悪かったのね。彼女の前にその部屋に住んでいた人に関係する人だ、あれ)

美恵の後ろに立っているニヤニヤした小太りで根暗そうな男性が、だんだんはっきりと見えてきて麻衣はギョッとして背筋が伸びた。

(怖！　気持ちわる！　ど、どうしよう……伝えるべきかな？　で、でも、いきなりあなたの後ろに幽霊がいますよ、なんて言ったら絶対、頭おかしい人だと思われる！　それに私には、あれが見えるだけで、なんとかすることはできないし)

どうしていいかわからず、カウンターでひとり悩み悶《もだ》える麻衣。

(こんな能力なんていらなかったよ！　なんの役にも立たないし！)

麻衣が心の中でそう叫んだその時、二十代後半くらいの男性客がひとりで入店してきた。

「へい、いらっしゃい！　お？　最近、よく来るねぇ、兄ちゃん！」

「いやぁ、大将、ここの白レバーにすっかり心を奪われちゃってね！」

その男性客は人懐っこい、にこやかな表情で陽気に答える。

すらりとした高身長に加えスタイルが良いせいか、顔も小さく見え、とても見栄えがいい。このような焼き鳥屋には場違いなオシャレなスーツを身につけているのだが、ネクタイを緩めリラックスした姿は妙に親しみやすく、店内の雑多な雰囲気にマッチしている。

（へぇ、かっこいいかも……）

最近、経済的にひっ迫した生活を送っていたせいか、恋愛とは無縁だった麻衣も咄嗟にそう思ってしまった。たった今まで見ていた気持ちの悪い幽霊男性とのギャップもある。

麻衣には、その男性客に眩しさすら感じてしまう。

しかし、麻衣にだけしか見えないが、そのイケメン男性客のすぐ隣に小太り根暗男性が並んで立っている。密かに見ていたいものとまったく見たくもないものが並び、どちらも漏れなく視界に入ってしまうのがなんとも不快だ。

その時、美恵の後ろにいる小太りの男性の霊が、いやらしい顔つきで美恵の髪の毛を手に取り、匂いを嗅ごうとする仕草を見せた。

（あんのヘンタイ幽霊が!!）

相手は幽霊だが女性として許せないと思った麻衣が、咄嗟に立ち上がろうとした時……たまたまなのか、横に立つイケメン男性が「……うん？」という感じで横を向いた。

それはまさにその幽霊のいる方向……。

しかも、そのイケメンは見えないはずのそのヘンタイ幽霊をまじまじと凝視するかのように、顎に手を当てながら顔を上方に向けている。

（え……あの人、まさか……あの人にも見えてる？）

店の奥のカウンターから驚きの表情を見せる麻衣を、イケメンがチラッと見た……ように感じられた。

気のせいかも知れないと思いつつも咄嗟に目を逸らした麻衣は、ほぼ飲み終わっているビールジョッキを傾け、イケメンの視線に気づかないふりをする。

そして……そのままもう一度、そっと視線だけをイケメンのほうに移した。

「あれ⁉」

麻衣は目を見開き、小さくではあるが思わず声を上げてしまった。

（ヘンタイ幽霊がいない⁉　あれ？　消えた⁉　なんで⁉）

なんと、さっきまでそこにいたはずのヘンタイ幽霊が消えている。そんなわけはないと、幽霊がいたところを凝視するが、やはりいない。

どういうことなのか？　なんの理由もなく霊が消えることなどあるはずがないのだ。

すると……そのイケメンの手が麻衣が凝視している空間で不可解な動きを見せた。彼の右手がまるで炎を纏《まと》っているように麻衣には見えてさらに驚く。

（……え？　なに？　見間違い……かな？　そうだよね、そんなことあるはずない、焼き鳥の煙と照明の加減でそう見えただけだよ）

麻衣はそのように考えて自分を落ち着かせようとしていると、イケメンと、もう一度、目が合った。今度は気のせいではない、明らかに麻衣の驚いた目とイケメンのにこやかな視線が交差した。

「兄ちゃん、なにやってんだ？　いきなり手を振り回したりして、ほかのお客さんにぶつかったら迷惑だぞ」

「あはは、ごめんごめん。虫が飛んでたから、叩き落としただけだから！」

「そうなのか……？」

「大将！　カウンターの空いているところに座らせてもらうよー！」

「おう、奥の方が空いてるから！」

「了解！」

イケメンはそう言いつつ、上機嫌で麻衣の方に近づいてきた。

（こっちに来た？　ああ……そうか）

麻衣はドキッとしたが、よく考えれば麻衣の座るカウンター席の横は二席ほど空いている。彼と目が合ったのも席を探すためにこっちを見ていたからだろうと納得した。

イケメンは鼻歌を歌いながら、自然な動きで麻衣の隣の席に腰を下ろした。

（私の横はふたつ席が空いているのに、こちら側に座った）

真横に座られてみると、麻衣の頭が肩ぐらいにしか届かないところから、おそらく百八十五センチぐらいはあるのではないか、と麻衣は思った。

「さーて、なににしようかな。やっぱり、白レバーは外せないよな！」

ひとり言にしては声が大きいな、と麻衣は思うが、素知らぬ顔をする。ここは居酒屋であるし、ひとり飲みに慣れている男性はこんなものかもしれない。

「すみませーん！　注文いい？　とりあえず、白レバーとハツとモモを二本ずつに……」

最初から結構な量の注文をするなぁ、と麻衣は思いつつも、とにかく今は、ひとりで初めて入店した居酒屋の時間を楽しもうと考える。ドラマでもあるまいし、横にイケメンが座ったからといって、なにかが起きるわけもない。

(理由はわからないけど、気持ち悪い幽霊も消えたことだし、よーし、今日は心置きなくひとり居酒屋を楽しも！)

「あと、生ビールを急いでふたつね！」

(え⁉　今……この人、ビールをふたつって言った？　二杯一気に飲むつもりなの⁉)

麻衣はその注文は冗談なのか、本気なのかを確かめたくなり、ついつい顔を横に向けてしまった。

「⁉」

そこで麻衣の心臓が跳ね上がる。

なぜなら、隣に座っている陽気なイケメンが麻衣としっかり目を合わせ、無邪気で楽しそうな笑顔をこちらに向けていたからだ。

「ビールだけど、ひとつは君のだよ。もう君、飲み終わってるんじゃない？」

「……はい？　あ、あの……そうですけど……えっと」

「まだ一杯目？　だったら平気だよね？　いやー、君みたいな可愛い子の隣とは今日は本当に幸運！　超ラッキー！　来てよかったなぁ‼　いや、生まれてきてよかった！」

「……いえ、その……」

こちらが恥ずかしくなるほどの大袈裟な喜びように麻衣は戸惑う。何故、この人はこんな風に自分に親し気に話しかけてくるのだろうか。

極度の戸惑いで、麻衣は口がうまく回らない。最近、異性との会話すらなかったせいだろう。しかも久しぶりに話す隣の男性のイケメンぶりは、麻衣の経験上確実に上位に入るのも緊張に拍車をかける。

(ももも、もしかして、これは世に聞く……居酒屋ナンパ⁉　ど、どうしよう……)

こういった居酒屋で仲良くなった男性と付き合いがはじまったという女性の話は聞いたことがあるが、もちろん麻衣には経験がない。

「いいから、いいから、このビールは俺のおごりだからね！　遠慮せずに飲んでよ。あ、もしかしたら、ほかのものが良かった？」

「えー⁉　おごりですか⁉」

「……うん？　あはは！　そうそう、おごり！　だから、一緒に飲まない？　君もひとりみたいだし、せっかく隣に座ったんだから、お話でもしながら飲もうよ」

麻衣はおごり、という言葉にだけ即座に反応した自分が恥ずかしく、顔が真っ赤になる。

ところが、隣に座るこのイケメンはむしろ、それを歓迎しているかのようだ。

「自己紹介がまだだった、初めまして！　俺は伊達炊亨っていうんだ。君は？」

「……川伊地麻衣です」

「じゃあ、麻衣ちゃんだね！」

炊亨は終始にこやかで、悪気のない表情。

黙っていれば大人な雰囲気のイケメンという感じなのに、〝非常に人懐っこい〟という印象をまず第一に受ける。

そこに炊亨の注文したビールがふたつ、ふたりの前に運ばれてきた。

「おお、来た来た！　じゃあ、乾杯しよう！　はい、麻衣ちゃん」

麻衣は目の前に置かれたおごりのビールを見た。

正直に言えば、初対面の男性におごってもらう、ということには抵抗がある。

でも……今、麻衣の家計は火の車。

この居酒屋には、仕事もなく、やさぐれた結果、勢いに任せて入ってきたのだ。そんな麻衣のすぐ目の前に〝おごりのビール〟という魔法のアイテムが置かれている。

しかし……これはいわゆる居酒屋ナンパというもので、このビールに手をつければそれを受け入れたことになってしまう。

「うん？　どうしたの、麻衣ちゃん……難しい顔をして」

顔を引き攣《つ》らせ、深刻な表情の麻衣を見て、すでにビールジョッキを片手に乾杯のスタンバイをしている炊亨は首を傾げる。

その時、炊亨の胸元からピピピッという電子音が聞こえた。どうやらメールだったようで「ちょっと、ごめんね」と言って炊亨がメールを確認した次の瞬間、「おお！」と喜びの声を上げた。

「麻衣ちゃん！」

「え⁉　はい！」

「このビールはおごりって言ったでしょう？」

「……はい」

なにを今さら確認しているのだろうと麻衣は思う。

（あ……まさか、やっぱりおごるのはなしってことかな？　私の反応も悪かったし……）

「前言撤回！」

麻衣はやっぱり……と肩を落とす。おごると言っておいてすぐに翻すのは失礼だとも思うが、自分も受けるか悩んでいた。最初からなかったことと思えばなんともない。

だが次の瞬間、ニカッと炊亨が笑って言う。

「こうなったらビールだけだなんてケチケチせずに全部おごっちゃうから！　じゃんじゃん頼んでいいよ‼　今、いい仕事がいくつも入ってきたんだ。だから祝杯だ！」

思いもよらない申し出に、麻衣は目を大きく見開く。

「……え？　ええーー⁉　ぜ、全部？　全部、おごり？」

「うん、そうだよ。よーし、今日は良い日だ！　麻衣ちゃんにも会えたし！　かんぱーい！」

「乾杯！」

結果、麻衣の中で〝気楽にいこうよ革命軍〟が圧勝した。

しばらくは炊亭の主導で、世間話など他愛もない話で盛り上がり、お酒も進む。

麻衣も久しぶりのアルコールにほろ酔い気分になってくると、態度もだんだんくだけていった。それは底抜けに陽気な炊亭の話し方のせいもあっただろう。

「いや～、お酒が美味い！　これも横に可愛い子がいて、話し相手になってくれているからだね！　麻衣ちゃん、ありがとう！」

「ははは、伊達さんって軽いですねぇ。ちなみに歳はおいくつなんですか？」

「ぷっ、軽いとは失礼な。僕は脂の乗った立派な三十歳だぞ。麻衣ちゃんは？」

「……女性に年齢を聞くのは失礼です……よ」

「あ……すみません」

麻衣の顔に影が差した気がした炊亭は素直に謝る。

「伊達さんは三十歳ですか、若く見えますね！」

「いやぁ、よく言われるよ！　それとよく言われる俺の魅力はね……」

「それはいいとして、伊達さんはなんのお仕事をしているんですか？」

「あ、スルーされた」

「それで、お仕事は？」

「ま、まあいいか、ああ、俺かい？　実はね、小さいけど会社を経営してるんだわ」

炊亭の予想外の答えに思わず姿勢を正してしまう麻衣。

「ええ!?　社長さんなんですか？　意外すぎます。こんなにいい加減そうなのに？」

「後半は心の声にしようね。麻衣ちゃん……もしかしてお酒に飲まれるタイプかな？」

「ああ……きっと嘘ですよね。ナンパするような人の言うこと、信じるもんじゃないし」

「まさかの信じないときた!?　えっと……ちょっと待って」

炊亭は上着の胸ポケットから名刺を取り出すと、麻衣に一枚差し出した。

「はい、これ」

麻衣は厚みのある用紙に印刷された名刺を受け取ると、「代表取締役」という文字を確認した。そしてその肩書の下には「伊達炊亭」と名前が書かれている
「まさか、本当なんですか!?　すごいなぁ、見た目と違って、本当に起業して頑張ってるんですねぇ」

「麻衣ちゃんはどこかに必ず失礼な言葉が入ってるよね」

「伊達……スタッフサービス？　まさか、これって……」

「うん？　ああ、人材派遣会社をやってるんだ。あ、麻衣ちゃん、ここの白レバーはね、絶品だから熱いうちに食べなよー」

「人材派遣!?」

麻衣は思わず名刺を両手で掴み、顔を近づけ穴の開くほど見つめてしまう。

少々大袈裟だが、麻衣の現状を考えれば、こうなるのも仕方がない。前の派遣先を辞めてもう二ヶ月。現在登録している大手派遣会社からは、まったく連絡がない。

「あれ？　麻衣ちゃん？　どうしたの？　トイレ？　トイレなら向こうの……」

「違います！　なんでもないです。ただ、派遣会社だなんてすごいなぁって思って」

「いやいや、本当に小さな会社だしね。そういえば麻衣ちゃんはなにしてるの？」

「私ですか⁉　今、私は……ニー」

麻衣はニートと言いかけて言葉を吞み込んだ。つい二ヶ月前までは仕事をしていたし、今だって仕事がしたくても雇ってくれるところがないので引きこもっているだけだ。

「派遣で働いてます……いえ、今は契約が終了して次の仕事を待っている状態なんです」

若干、力なく答えた麻衣は、気持ちを吹っ切るようにビールジョッキを呷った。

炊亭は一瞬、目を細めて麻衣を見つめる。

「……へぇ。なんていう幸運」

「ぷはー！　え？　なんか言いました？」

「いや、なんでもないよー。実はさ、いつ切り出そうか迷ってたんだけど……麻衣ちゃん、うちの会社に登録してくれないかな？　できればほかはやめて専属になってほしいくらいなんだけど」

「……は？　えーー⁉　私を？　そ、それは……いったいどうしてですか？」

炊亭の言っていることがすぐには信じられず、麻衣は狼狽《うろた》えてしまう。

「どうかな、麻衣ちゃん」

炊亭の笑顔は、その時の麻衣にとってこの上なく魅力的に感じられた。

だが、さすがにこんな居酒屋で、しかも、たまたま横に座った人間の突然の勧誘に飛びつくほど麻衣は浅はかではない。

「でも伊達さん、印象が軽いし、こんなところで誘ってくるなんて、うさん臭いし……」

「麻衣ちゃん、声に出てる、出てる！」

「……あ」

「あはは……まあ、そう思われても仕方ないかな？　うちはたしかにすごく小さな会社で大手とは比較にならないぐらいの規模だけど、いい人材は揃ってきていて、今はまさに少数精鋭って感じでやっているんだ。自画自賛するわけじゃないけど、評判だって上々だよ」

ここにきて伊達は真面目なトーンで話し出す。

「徐々に派遣依頼も増えてきているから、順次、仕事の紹介はできるし、麻衣ちゃん次第だけど、待機期間は少ないよ」

麻衣は待機期間が少ない、というところで大きく心が揺れたが、なんとか平静を装った。

今まさに、麻衣は望まない待機期間中である。

「だから、是非、麻衣ちゃん、うちへの登録を考えてくれないかな？　いろいろとうちには特色があるから、もちろん説明を聞いてから決断してくれてもいいから」

熱心に自分を勧誘しはじめた炊亭の目は真剣そのものだった。適当にものを言っているようには見えない。だが、麻衣には別の疑問が湧いてくる。

「なんで今日会ったばかりの私を勧誘してくれるんです？　人手が足りなくて、誰でもよかった、とかですか？　いえ、ネガティブなことを言うつもりはなくて……実際、ありがたいんです。ただ、ちょっと気になって」

「え？　それは麻衣ちゃんのような人材が必要だからに決まってるじゃない」

「!?」

なにを言っているの？　というような表情でさらりと答える炊亨の言葉に……自信を喪失しかけていた麻衣の心が少しだけ明るくなる。社会人になって以来、こんな嬉しい言葉をかけられたことはなかったのだ。

とはいえ……そんな言葉を額面どおりに受け取るほど能天気ではない。自分が置かれた現実くらいはわかっている。

「で、でも！　私は特別な才能なんかないですし、資格とか技能もないですよ。たいした話もしていないのに、私がどんな人材かなんてわかるはずないです」

「え？　あ……ああ！　そこはなんていうの？　そう！　俺のビジネスマンとしての一流の勘がそう伝えてくるんだよ。この子をスカウトしろ、炊亨！　ってね」

あきらかに最初は狼狽えていたのが、最後はキラッと芝居がかった決め顔を見せる炊亨。

そんな炊亨を半目で力なく見つめる麻衣との間に長い沈黙が続く。

「ああ、駄目だ……この人。一気に冷めたよ。勘なんて根拠のない理由でスカウトされて、少しでも喜んでしまった自分を叱りたい」

「あらっ」

ズルっと斜めにこける炊亭。

「でもね……麻衣ちゃんは特別な才能なら持っているよ……」

「……え？」

麻衣が顔を上げて炊亭を見ると、彼は真剣な表情に戻っていた。

「麻衣ちゃんには常識があって、冷静な警戒心も持っている。俺の話にすぐ飛びつかず、誉められても浮き足立たなかったのがいい証拠さ。ここからは、たしかに勘なんだけど、そういう人間はね、意外と不測の事態に強いと思うんだよ、俺はね」

「!?」

自分の考えの流れを言い当てられて、麻衣は驚いた。炊亭を顔が良いだけの適当極まりない男性と断じようとしていたが、その判断は一時的に保留することにした。

「麻衣ちゃん、一応、俺はプロだよ。大きくはないけど自分で会社を起こして軌道に乗せてるんだ。だから、人を見る目はある。会社の根本、基礎、土台はね、人！　つまり人材なんだよ。人が持って生まれた性格っていうのはしぶとくて、簡単には失われない宝だ。それゆえに、人材って言うんだから。資格や技能ってのは後づけで手に入る。でもね、粘り強さとか冷静さというものを身につけるのは簡単じゃない。努力しても手に入らないことだってある。だけど、麻衣ちゃんは、それをすでに身につけている。だから必要だって言ってるの」

麻衣はいつの間にか、炊亭の話に引き込まれていた。

もう一度、自分を必要だと言われ、もう一度、心が湧き立った。いつの間にか素直にこの言葉を受け入れ、嬉しさを感じはじめている自分がいる。

「人材の評価は言い換えれば、決断の連続だよ。そこでまごまごしていれば、もう二度とその人材と出会えなくなるなんてざらにあるし、下手をすればその人材が競合の会社で活躍するということだってあるんだから、ね」

「……それはわかる気がします」

「じゃあ、雇われる側はどうなのか？　実は、雇われる方だって決断の連続。どこに行くべきか、どこならば自分を高く評価してもらえるかを考えなくてはならないでしょ。悩みすぎて返事が遅れたりして、後悔するときもある」

「たしかにそうです。でも、難しいですよ……将来のことなんてわからないですから」

「そうだね。たぶん、その辺は俺の方が麻衣ちゃんより思い切りがいいってだけだよ！　ほら、これを見てほしい。じゃじゃーん、俺はね、いつ何時、素晴らしい人材に会っても大丈夫なように、こうやって契約書も持ち歩くようにしているのさ！」

　炊亨はジャケットの内側に手を入れると一枚の封筒を出し、中から綺麗にたたまれた数枚の書類を取り出した。

「え!?　伊達さん、そんなの持ち歩いているんですか!?」

　その書類はたしかに契約書特有の書式になっていて、間違いなく契約書だということがわかった。この炊亨の行動力はさすがに極端に感じられて驚く。

（ああ、やっぱり起業するような人は、違うんだね。良いか悪いかは私にはわからないけど行動力が違う）

「じゃ、麻衣ちゃん、決心がついたらここにサインをしてくれるかな？」

「え!?　ここでですか!?」

「当たり前だよ。今までの話はすべて麻衣ちゃんに来てほしいから、信じてもらうためにしたんだよ。麻衣ちゃんみたいな人材をうちは欲しているの。だから俺にとっては麻衣ちゃんを逃さないために素早く行動するんだ」

自分みたいな人材を欲しているという言葉に、麻衣の心はグラッと揺らぐ。

また、話を聞いているうちに伊達の会社に対する警戒心も薄らいできた。

「で、でも、なにもこんなところで契約とか……」

「麻衣ちゃん、うちにはチャンスも多いよ。もう少し会社が安定してきたら、登録スタッフには、うちの正社員になってもらうオプションを考えているから。もちろん、希望する人に。だけど、それはやっぱりうちでの現場経験豊富な人が良いに決まっているでしょう？　ということは、早い段階からうちに所属している人は有利なわけ」

「……!?」

そういえば会社というものは、大きく成長している時にこそチャンスが多いと聞いたことがある。伸び盛りの会社の楽しさというものにも興味を引かれた。

「麻衣ちゃん、これは君にとって大きなチャンスと考えてもいいんじゃないかな？」

「たしかに仕事を得るチャンスと言われればチャンスですけど」

「違うよ、今言ったのは自分の現状を変えるチャンスって意味」

「……？」

「仕事も人生も同じだよ。いつもどおりの行動を繰り返して苦労するのはやめて、まず身の置き場を変えてみること。そうすれば、行動パターンも視点も変わって、違う自分になれるかもしれないでしょ？　うちはその意味でピッタリの会社だよ。大きな派遣会社みたいに〝あなたに適した仕事の紹介〟じゃないから。うちは、いろいろな仕事に派遣する！　適性なんてあとで考える。技能や資格はこれから身につければいい！」

炊亨は麻衣をまっすぐ見つめて必死に訴える。

「だから、この契約書はそのきっかけでしかない。この契約書へのサインは現状を変えるための入り口と思ってほしい！」

「……違う自分になる。適性とかは関係ない仕事の紹介……」

今日、隣にいるこの伊達という人物。正直、いい加減な人間という印象だったが、言っていることにはいろいろと考えさせられた。

いい加減な人物……という評価もひょっとしたら、「いつもどおりの自分」が「今までどおり」に下しているものなのかもしれない。

小さな派遣会社で数々の仕事を経験していくのは、自分を変えるチャンスになりそうだ。

最終的に天職……とまでは言わないが、自分の特性を活かせる納得のいく仕事に就きたい。

（自分を変えるのは簡単じゃない……だったら、まず強制的に身の置き場を変えるのはいいことかもしれない！）

麻衣はジョッキを掴むと、半分ほど残っていたビールを一気に飲み干した。

「お、おお!? ちょ、ちょっと麻衣ちゃん、それ以上は飲まない方が……」

「伊達さん！」

「はい！」

「ペンはあるの!?」

「お……おう！ ここに」

麻衣は炊亭が差し出したボールペンを勢いよく掴み、覚悟を決めてサインした。

「伊達さん、はい、契約書。仕事はなんでも受けますので、連絡くらさい……ヒック」

麻衣は真剣な表情だったが、呷《あお》ったビールがとどめになったようで酔いが完全に回り、最後の方はろれつが回っていない。

「わ、わかった！ おお……本当に契約できちゃった。言ってみるもんだ……これで、この飲み代は会社の経費でいける！ 冷歌もこれなら文句は言わないだろ」

「え？ ヒック……」

「わわわ、なんでもない！ よく決心してくれたよ、麻衣ちゃん！ これは気が変わらないうちにしまっておこうね、うん」

炊亭は契約書をすばやくジャケットの内ポケットにしまう。

「じゃあ、そろそろお開きにしようか！　大将、お会計。それに領収書を……」

炊亨がまるで逃げ出すように席を立つと……その腕を麻衣がガシッと掴む。

「ヒッ！　ちょっと麻衣ちゃん、違うよ。逃げようとしているわけじゃなくて」

「……ビール」

「え……？　ビール？　まだ飲むの？　いや、麻衣ちゃん、結構、酔っているようだからもうやめた方が……」

「ビール持ってこーい!!」

「のわ!?　この子、飲むと大虎だよ！」

「ふえー、私、仕事がしたいんです！　自分の納得のいく仕事がぁ」

「しかも、泣き上戸!?」

「私、頑張りますから！」

泣いたかと思うと、眼力のある目で炊亨に訴える。

「立ち直りも早いな!?　まあ……そうか、今日は麻衣ちゃんの新しい門出だもんね！　それに経費でいけるし……。よーし、乾杯しようか！　仕事もじゃんじゃん紹介するよ！」

改めて席に座ると、炊亨は元気な声を張り上げた。

「大将！　注文いい？」

こうして次の日、麻衣は仕事を紹介されて高層マンションの建築現場に案内されたのだった。

＊＊＊

「ちょっと、伊達さん！　これはどういうことなんですか!?」

その日麻衣は、建設現場から事務所に帰るや否や、自分の雇い主、つまり伊達スタッフサービスの社長に突進して、デスクに手を突いた。

「ひえ!?　麻衣ちゃん、どうしたの!?」

炊亭は麻衣の剣幕に気圧されて、ビクッと体を守るように両手を広げて前に出す。

事故現場からの帰還で、まるでマラソンを走りぬいたばかりのように麻衣の髪は乱れたまま。今日おろしたばかりのスーツも各所に皺《しわ》が寄ってよれよれになっているが、今はそんなことを気にする気にもならない。

「なにがどうしたの!?　ですか！　聞いているのはこっちですよ！　今日のあれはなんだったんですか！　私、危うく死にかけたんですよ!?　わかってます？　この平和な日本で、初めて派遣された仕事でいきなり！」

前のめりになって怒りを隠さない麻衣の後ろでは、冷歌が眉間を指で摘まみ、首を振っている。その横で燈二はふう、と息を吐きつつ眼鏡に手をやり、自分は無関係と言わんばかりに背後の扉から出て行った。

「あ、あれ～？　説明していなかったっけ？　おかしいなぁ、僕の記憶ではすっかり説明をしたものだと……のひょ!?」

怒り心頭の麻衣は、鋭い目つきで炊亨を睨《ね》めつけながら胸ぐらを摑む。

「麻衣ちゃん、ごめんなさい！　落ち着いて！　目が！　目が怖いよ！　それは殺人者の目！　ちゃんと話すから！　冷歌、助けて。息が……いぎがぐるじいー！」

炊亨の顔が青くなり、その意識が飛ぶギリギリのところでようやく冷歌が優しく麻衣の肩に手を載せ、仲裁に入った。

「落ち着いて、麻衣ちゃん」

「あ……冷歌さん」

冷歌の静かで透き通るような声色に、麻衣はハッとして我に返る。

麻衣の手が緩み、炊亨は全力で酸素を取り込もうと呼吸を再開する。

「……結構、力強いんだね、麻衣ちゃんは。冷歌、ありがとう。でも、もっと早く仲裁できたような気がするんだが……」

社長である炊亨の発言を無視して、冷歌は麻衣を優し気に宥める。

「あなたの怒りはもっともよ。でも、これ以上やったら警察のお世話になっちゃうけどいいの？　どうせ警察のお世話になるのなら、せめてこんなクズを理由にしたくないでしょう？」

「……！　はい……すみません。私、こんなに頭にきたの久しぶりで……」

麻衣は炊亨から手を離し、前のめりだった上体を起こすと冷歌の納得のいくとりなしに感謝のこもった視線を返した。

「ふふふ、いいのよ。私にも麻衣ちゃんの気持ちは痛いほどわかるから。いつもこいつと話すときはそうやって自分を律しているの」

冷歌は麻衣の頭にポンと手を置いて微笑む。

「……なに？　そのひどい会話。俺一応、社長だよね？」

「……炊亭」

「ヒッ！」

有能な秘書に一転して鋭い視線を送られ、炊亭は再び呼吸が止まりそうになる。

「あれほど確認したのに……新人の彼女になにも説明をしていないのはどういうことなの……かしら？」

「……はわわ」

このあとのふたりのやり取りを目にした麻衣は、冷歌の言う〝警察にお世話にならないギリギリの怒り方〟ってこういうものなんだ、と実感する。そしてようやく炊亭からこの〝伊達スタッフサービス〟の全容について説明を受けることになった。

炊亭と麻衣が応接用のソファー席の対面に座ると、冷歌が給湯室から振り返った。

「麻衣ちゃん、紅茶でいい？　コーヒーの方が好きかしら？」

「あ、お構いなく！」

「気にしないで。じゃあ、紅茶でいいかしらね。私ちょっとお茶にはうるさいのよ」

「冷歌、俺はコーヒーで」

「あなたには聞いてないわ」

「……」

冷歌は茶葉と茶器を手早く用意し、トレイの上に三つの可愛らしいソーサーとティーカップを載せてソファー席にやってきた。

「じゃあ、麻衣ちゃん、ちょっとした行き違いがあったようだけど説明するね」

まるで自分に非がない言い方ができる炊亭という男に、麻衣はある意味感心する。

（魂が強いな……この人。逆方向に……）

炊亭の横に腰をかけて、もう突っ込みも入れない冷歌を見ると、ふたりは長い付き合いなのだろうと麻衣は思った。

「はい、冷めないうちにどうぞ」

冷歌の差し出した紅茶の優しい香りが漂うと、紅茶に詳しくない麻衣でも冷歌がお茶にうるさいと言ったのは本当なのだとわかる。

そして再び炊亭が口を開いた。

「麻衣ちゃん、世の中には大小様々な派遣会社があるのはもちろん知っているよね？　それは現代の人の働き方の多様性が生んだものでもあるんだけど、僕たちのような会社は、その多様性の上に成り立つ最たるものと言っていいと思うんだ」

最初、この若い社長にしてはずいぶんと回りくどい言い方に感じられたが、今日の仕事を経験した麻衣には、なんとなく炊亭がなにを言いたいかはわかった。

「ただね、仕事内容によっては、どのような大手派遣会社も、いや大手派遣会社だからこそ扱わない案件もあるんだ。依頼主側の特殊事情が原因でね」

「……特殊事情」

「うん、まあ……もう麻衣ちゃんは感づいていると思うから、直球で言うと、それはオカルト現象に悩まされているということさ」

「……！」

そうではないかと思っていたが、こうやって改めて言われると驚きしか感じられない。

同時に麻衣には疑問がいくつも湧いてくる。

それをわかっているように炊亭は話を進めていく。

「もちろん、霊能者みたいな人たちを呼んで解決しようとするところもあるよ。でもさ、考えてもみてよ。霊能者って正直、どう思う？　ちょっと怪しい人に感じられるよね。もちろん、俺たちにはそんな偏見はないよ。でも怪しいと思うのが、一般の人たちの正常な感性じゃない？　しかも、本物と偽物が入り乱れてるのも事実だから、余計にね」

さらに炊亭が言うには、社内にそういった霊能者を呼ぶのを嫌う経営者は多いのだという。何故なら、そのことが会社内外に伝わって、変な噂になるのを恐れるからだ。

会社のブランドイメージや社員の士気を下げる問題に発展しかねない、というのが主な理由だという。秘密にすればいい、という意見も当然あるが、こういった話は必ずどこからか漏れる。しかも従業員数が多くなればなるほど、そのスピードも速いのだそうだ。それは、お寺や神社からお祓いに来てもらっても同様らしい。

（それは……たしかにあるかも。霊能者を呼んだことのある職場って……ちょっと怖い。働きたいか？　と聞かれれば絶対にNOってなるよね。それにネットでそんなことが広まったら、大騒ぎになって、会社もすぐに特定されちゃう）

「実はね、こういった噂や情報は結構重要で、派遣業界ではしっかりと共有されてるんだ。もちろん、うちうちにね」

「そうなんですか!?」

「うん、そうだよ。ありがちなのは社内で起きるオカルト現象を放置しているうちに手遅れになって、社員が多数辞めてしまった会社。それですぐに大手派遣会社に人材派遣の依頼をしてくるんだけど、この情報をキャッチしている派遣会社はまず、いろんな理由をつけて人を送らないんだよ」

　炊亭はフッと意地の悪い笑みを浮かべて肩を竦《すく》める。

「そりゃそうだよね、オカルト現象の中には命に関わるものだってあるんだから。今日行ってもらったマンション建設現場なんて、最たる例だね。あそこはかつて古戦場だったらしくて、元々噂はいくつもあったんだよ。夜な夜な鎧《よろい》を身につけた侍たちが現れたり、中には襲われた人たちすらいるってね」

「……は？」

麻衣が顔を上げる。

炊亭は足を組み、上から目線な話し方で続ける。

「俺たちみたいなプロにしてみれば一番危ないところだってすぐにわかるし、絶対にマンションなんか建設しないってのにな！　まったく怖いよ、商業主義者は。なあ、冷歌……」

炊亭が冷歌に同意を求めると、冷歌は視線鋭く前を向いたまま言う。

「……そうね、炊亭。実際、つい先ほど麻衣ちゃんはそれを経験したわ。それはそれは怖い経験をね」

「……あ」

炊亭が気まずそうに額から冷や汗を流すと、その前には恐怖に体を震わせる麻衣がいる。

（こ、この人はそんなところになんの説明もなく私を……？）

冷歌の視線とギンとした麻衣の視線のクロスファイアーポイントにいる炊亭は慌てて、紅茶に手を伸ばす。カップがソーサーにぶつかってカタカタという音を立てるのが、耳障りだった。

「うん！　うまい！　い、いやぁ、冷歌の淹れる紅茶は絶品だね！　これを飲んだら他の飲み物が飲めなくなるよ！　まったく罪な紅茶だ！　あははは……」

「あなたはさっき、私にコーヒーをお願いしていたわよね……？」

「さ、さあ、麻衣ちゃんも飲んでごらんよ！　うん、早く、落ち着くから！　というか落ち着こうね」

　不機嫌そうに目を半開きにして自分を見ている麻衣に、炊亭は強引に紅茶をすすめる。この男に促されるのは本意ではないが、麻衣も冷歌の淹れてくれた紅茶には興味があったのでいただくことにした。

「あ……おいしい」

　麻衣は本心でそう思った。茶葉の種類はわからないが、口に含むとさわやかな香りが一緒に体の中に入ってくるようで、たしかに気持ちが落ち着く。

「ふふふ、ありがとう。気に入ってくれた？」

「はい！　私、紅茶をこんなにおいしいと思ったの初めてです！」

「良かったわ。淹れ方にコツがあるのよ。もし、興味があったら今度、教えるわね」

「本当ですか!?　是非！」

　ふたりの女性の和んだ姿を見て炊亭はひとり安堵し、すぐさま話を元に戻した。こういった空気を読むことだけはうまいのだ。

「話を戻すとね、麻衣ちゃん。オカルト現象で困っている企業は、派遣会社からそっぽを向かれ人材不足に陥る、もしくは泣き寝入りするしかないのか、と思わないかい？」

　この炊亭の問いかけに麻衣はピンとくる。

「……あ、まさか」

「そう。ここにはニーズがあるんだ。しかも、割と緊急事態でもある。件数は当然、通常の派遣と比べれば少ないけど、特殊事情ゆえ、報酬は相当高くなるのはわかるよね」

「……」

つまり……そういった特殊事情を持つ会社への人材派遣業務を専門に請け負っている会社がある。それがまさしく、この〝伊達スタッフサービス〟ということなのだろう。

「この俺が率いる〝伊達スタッフサービス〟は派遣業では新参なんだけど、おかげさまで特殊な界隈では徐々に名前も知られはじめているんだ。業務の内容が内容だけに、表立って宣伝できないのはつらいところだけどね。本当だったらなぁ、俺も〝注目の敏腕若社長〟ってマスコミに取り上げられたかもしれないなぁ」

〝俺〟というところを妙に強調し、どや顔の炊亭が胸を張った。

麻衣は仕事内容に関しては納得した。というよりも現場に行ってすでに恐ろしい目に遭っているため納得せざるを得ない。

だが、この男の言うことは信用できない。

「……へー」

「なにかな……？　その疑問に溢れた目は」

そこに冷歌がニコッと笑顔を見せる。

「麻衣ちゃん、これは本当なの。うちは登録してくれている人材だけは優秀だから。少しずつだけど上昇気流には乗ってきているのよ」

だけ、のところがやたらと強調され、麻衣は大きく頷いた。

「そうなんですね！」

「あれ？　なに、この敗北感」

炊亨はガクッと肩を落とすが、すぐに気を取り直し説明を再開する。立ち直りが早い。

「まあいいや。麻衣ちゃん、ここからはうちの特色の話だけど、オカルト現象に悩まされる企業にとって、僕らのような仕事をしてくれて、かつ派遣会社の体を取っているという会社は本当にありがたいんだ。変な噂も立ちにくいからね。だから、密かにでも名が売れたりすれば、仕事は増えていく。今がその状況かな」

炊亨の言うことは麻衣にも理解できる。派遣社員として依頼を受けた会社の中に紛れ込んで、オカルト現象を解決してしまうということなのだろう。

「でも、どういうルートで派遣の依頼を受けるんですか？　こういう会社の存在は、表立って知られてはいないですし……。変に有名になってしまったら結局、霊能者のような扱いを受けるんじゃないんですか？　怪しいところから派遣されてきた、みたいな」

「そうだね、この場合、通常の派遣会社……特に大手との繋がりは重要かな」

「……あ、なるほど！　スタッフは普通の派遣会社から斡旋されるんですね。オカルト現象が起きているのを知ったり、わかったりした時点で」

「察しがいいわね、麻衣ちゃん。そのとおりよ。ほかにも知り合いや、以前、伊達スタッフサービスに依頼したことのある経営者の紹介で請け負うこともあるわ」

「派遣業界は知らないところで、そんなことになっているんですね」

麻衣はこの業態がここまで構造化されているとは知らなかった。

「そうだよ、麻衣ちゃん。さらに言うとライバル会社もそれなりにある」

「え⁉　あ……そう言えば、この業界では新参って言ってましたね」

「だからうちはライバル会社と差別化できる特色を打ち出しているんだ。ただ依頼先に紛れ込んで、っていうだけじゃ他と変わらないでしょ？　おかげでこれがウケていてねぇ」

「それはなんです？」

「簡単に言うと、しっかりと派遣先の通常業務もこなしつつ、まあ、なんて言うの？　ついでに悪霊退治みたいな？　つまり、オカルト現象の解決だけじゃなく、それ以外は普通の派遣社員と変わらないってこと」

「え⁉　でもそんなこと可能なんですか？」

麻衣は驚いた。炊亨は簡単なように言っているが、実は、これがとても大変なことではないだろうか。オカルト現象が業種を選ぶとは考えられない。であれば、派遣を依頼してくる会社の業態は多岐にわたるはずだ。中には資格が必要なものだってあるかもしれない。

「あ、わかる？　さすが、麻衣ちゃん。うちの本業はあくまでもオカルト現象の鎮静化。まず、それができなきゃ話にならない。それ以外に必要なことは勉強してもらうんだ。だからね、昨日、言ったでしょう？　必要な技能はあとから身につければいいって」

「そんな無茶な……」

「大丈夫、大丈夫、その勉強にかかる費用や場所はうちで提供するから。これってすごい福利厚生だと思わない？　仕事をしながら、いろんな職種の技能や知識まで手に入るんだよ？　ちなみにこれを考えたのも、もちろん、俺ね。ここは大事だからよく覚えておいて。この伊達炊亨社長のアイデアだから」

　鼻を天狗のように高くしている炊亨にはイラッとするが、実際、麻衣もこれはすごいと思う。

「それは……たしかにすばらしいです。会社はそんなに大きくないのに……ずいぶん儲かっているんですね」

　すると横から冷歌の補足が入る。

「協力してくれる企業があるのよ。以前、私たちが仕事を請け負った企業がほとんどだけど。オカルト現象を起こした会社は裏にいろいろ事情を抱えていたりして、一般には決して知られたくないようなことも多いの。そういった会社にね……炊亨がしつこく足を運んで、脅迫……ではなくて交渉を持ちかけるのよ。それはしつこく、ね」

「……は？」

　麻衣は驚いて目を見開き、静かにティーカップを傾ける表情のない冷歌を見つめ、それから偉そうにふんぞり返っている炊亨に視線を移す。

（こ、この人、なんていうことを……。そ、それはむしろ悪い噂が立つのでは？）

「麻衣ちゃんは心配しなくてもいいのよ。その後、私がお互いにメリットがある形で落としどころを固めてきたから。むこう三十年のオカルト現象解決の無償化とか、事業拡大の際のテナント探しやオフィスの引っ越しのサポート、社運の上がるオフィス内のレイアウトやらデザインの風水的なアドバイスを約束したわ。すべて……私がね！」

突き刺すような冷歌の視線を浴びて、調子に乗っていた炊亨が飛び上がる。

「のわ！　感謝してるよ、冷歌さん！　俺は優秀な人材に恵まれてほんと幸せ！　果報者！」

何故これだけ美人で、しかも優秀な人がこんな人の下で働いているのか、という疑問と同情の混じったなんとも言えない表情で麻衣はふたりを見つめた。

「えっと……あ！　というわけで、麻衣ちゃん、これが伊達スタッフサービスの概要ね！これからどんどん仕事を紹介していくから、今後ともよろしく頼むよ！」

「……お断りします」

「………………え？　今、なんて？」

「お断りします！　なにが〝というわけで〟なんですか？　嫌ですよ！　今日みたいなことが毎回起きるような仕事場に派遣されるなんて！」

「えーー!?　そんなぁぁ！」

「それはこっちのセリフです！　今日は本当に怖い思いをしたんですから！　この会社との契約もなかったことにしてください！」

麻衣は憤然として立ち上がり、今の正直な気持ちをぶちまける。

「普通は、そう断るわよねぇ」

冷歌も麻衣に同意するような態度。

「それは……ほら、説明漏れはちょっとした不幸な行き違い？　不幸な事故？　っていうの？　麻衣ちゃんには危険がないように先輩たちも一緒に派遣したんだからね」

「行き違いってなんですか！　明らかに黙ってたでしょう！　こんな説明を受けていたら絶対に契約なんかしてませんよ！」

「そうだねぇ、それで信じもしなかっただろうね。今日の出来事があったから、今の僕の話も聞いてくれた」

「……！」

「でも、困ったなぁ、契約破棄となると……結構大変なんだよねぇ～」

「な、なにがですか……」

炊亭はわざとらしい仕草で困ったというアピールをする。

実に白々しい表情と態度。

炊亭はジャケットの内ポケットに手を入れると、きれいに折りたたまれた数枚の紙を取り出した。それが人材登録の契約書だということは麻衣にもわかる。

「いやね、契約書のこの部分なんだけど」

炊亭が契約書の文言の、ある一文を指さして麻衣に差し出す。

若干、嫌な予感がしつつも、麻衣はその一文に目を通した。

『被登録者、登録者はともに理由もなく、一方的に契約を破棄することはできない。もしどちらか契約解除を望む場合、双方に話し合い、条件を設定する』

「ななな！　なんですか、これ！」

顔を青ざめさせて、叫ぶ麻衣。

「それと、その上も」

『契約の有効期間は三年とし、なにもない場合、自動更新となる』

「ささ、三年!?」

「うーん、この場合は僕と契約解除の条件について話し合いをしないとなぁ。いやぁ、こちらもリスクを背負ってすべてを話したしなぁ〜。困ったなぁ、条件はどうしよう？　お金かな？　お金だよね、やっぱり。でも麻衣ちゃんってどれぐらいお金があるのかなぁ？」

「……！」

（こ、この人ぉぉぉぉ!!　ゆする気だ！　お金がないの知ってて！　なんというクズ！）

ワナワナと震える麻衣の肩に炊亨はポンと手を置くと、

「……麻衣ちゃん、契約書はちゃんと読まないと駄目……だよ？」

と言い、ニヤリと嫌な笑みを見せた。


「ちょっと、炊亨。今回はいつもに増してずいぶんと強引だったじゃないかしら？　あれじゃ、麻衣ちゃん、かわいそうよ」

麻衣が事務所の扉を蹴飛ばすように出て行ったあと、呆れ顔の冷歌は茶器を片づけつつ、ソファーに寝転び足しか見えない炊亨に声をかけた。

「そうかぁ？　ああでもしなきゃ、逃げちゃうだろう？　うちは優秀な人材は喉から手が出るほど欲しいし、あれだけ霊感の強い子、逃す手はないだろ？」

「そんなにうちは人材不足だったかしら？　仕事量から考えれば今の人員でも十分だと思うけど？」

「こ、これからもっと増える予定なの！　だから麻衣ちゃんをスカウトしたんだよ」

ソファーの上に炊亨の拳が勢いよく出てくる。

「ふふふ……そうね。あれだけ霊感センスのある人間がなんの知識もスキルもなかったら危ないものね。彼女のためにも、私たちと行動を共にしたほうが安全かもしれないわ」

クスッと笑う冷歌。

「ああん？　なんて言った？」

「なんでもないわ。どうせ聞こえていないんでしょう？　こういう話は」

第二章　不動産屋とオカルト現象

伊達スタッフサービスの事務所で説明を受けて三日後、麻衣は派遣されることになった会社へ向かっていた。

「はあー」

麻衣は歩きながら大きくため息をつくと、今度は怒りが全身に湧き上がってくる。

（よくもまあ、私を無理矢理派遣登録させておいて、すぐにポンポン、仕事を依頼してくるよね、あの人は！）

「その……大丈夫ですか？　麻衣さん」

拳を握りしめ険しい目になっている麻衣の顔を間之宮《まのみや》颯太《ふうた》は心配そうな表情で覗き込んだ。

「え!?　大丈夫、颯太君、なんでもないよ」

まつ毛の長いクリッとした目に、女性の麻衣から見ても羨ましい玉のような肌をした少年……いや、年齢は二十歳と聞いているが、その颯太に心配そうな顔をされるとそれだけで麻衣は癒されてしまう。

身長も若干、麻衣より低いせいか、麻衣の中にある庇護欲がグンと掻き立てられた。

（なんて可愛らしい……男性を見て思わず抱きしめたくなるなんて初めてだよ。本当に二

十歳なのかな）
そんなことを思っていると、麻衣と颯太の前を歩く若い女の子が笑い声を上げた
「あはは、なーに？　麻衣はまだ怒ってるの？　無駄、無駄。あの社長にはいくら怒って
もなんの得にもならないよ。それよりもこっちが利用してやるぐらいのつもりでいない
きゃ駄目よ」
彼女は安里海姫《あさとみき》。高校を卒業したばかりだと麻衣は聞いている。髪を可愛らしく後ろで
束ね、黙っていればおとなしそうに見えるのだが、中身はそうではないらしい。
（この子は会って自己紹介したらすぐ〝麻衣〟呼ばわりだもんね。一応、私は年上なんだ
けど……）
海姫は、颯太同様、伊達スタッフサービスに登録契約しているスタッフである。ふたり
とも年齢は若いが、麻衣よりも先に入っているため、仕事上は先輩になる。と言っても、
普通は年上にもっと気を遣うべきだ、と社会経験のある麻衣は思うが、颯太は別として、
海姫などは完全に先輩風を吹かしていた。麻衣は、海姫のアーモンドの形の表情豊かな目
に、ただならぬ自信があふれているのを感じていた。
会うや否や「麻衣は新人で、こういった仕事は初心者ってことね。じゃあ、私たちをよ
く見て勉強するといいよ。それにこちらから指示も出すから、それに従っていれば大丈夫。
心配しなさんな！」と言われ、麻衣は乾いた笑いを返すしかなかった。
（この子たち、この会社に登録しているということはなにかしら力があるってこと……？）

これから三人で向かおうとしているのは伊達スタッフサービスに人材派遣を希望した小さな不動産会社だ。表向きは事務職の派遣となっているが、伊達スタッフサービスに依頼をかけてきた、ということは、仕事は当然それだけではない。

「オカルト現象に苦しんでいる会社ってことだよねぇ」

麻衣は再び大きく息を吐いた。


昨日の朝方に炊亭からの着信があり、思いっきり嫌だとは思ったが、かといって無視もできず麻衣は電話に出た。

すると無神経な声で『麻衣ちゃん、仕事だよ〜』と聞こえてきて、それだけで麻衣はイラッとする。

だが、その麻衣の心境がわかるのか、または麻衣の懐事情を熟知しているためか、炊亭は唐突に報酬額の話から持ち出した。

『今回の報酬だけど、一日――円で、仕事が完了したら――円のボーナスがあるからね』

「え!?　そんなに!?　あ……いえ、なんでもないです！」

電話の先で炊亭がニヤついているのがなんとなくわかり、麻衣は顔を赤くする。

(仕事の内容よりも先に報酬から説明に入るというやり口が汚い！　家賃の支払いすら心もとない私じゃ、断れないじゃない！)

と心の中で炊亭をののしるが、実際は破格の報酬額に完全に心を鷲摑みされただけであったりする。

炊亭はそんな麻衣の状況を見透かしたように一方的に説明をはじめる。

「ちょっと、待ってください！　え？　西宿駅に明朝八時……」

『あー、いいや、あとは現地で聞いて。麻衣ちゃんのほかにふたりの先輩を派遣してるから合流したら仕事内容聞くといいよー。ふたりの連絡先はメールで送るからねぇ、じゃあよろしく！　終わったら報告してね』

麻衣は真面目にメモを取ろうとペンと紙を用意したのだが、炊亭は明らかに説明が面倒になったらしく、説明はその他のふたりとやらに丸投げし一方的に電話を切った……。

（まったく、責任って言葉の本当の意味を知ってんのかな、あの人は!?　今度、詳しく聞いてみたいわ！　先輩って言うから年上かと思ってたら、ふたりとも全然若いし！）

などと炊亭の言葉を思い出しながら、下町の色合いが強く残っている街並みを進み、西宿駅から歩いて十分程度のところにさしかかると海姫が急に振り返り、前方を指さして声を上げた。

「あー、あそこだね、今回の依頼主は」

海姫が指し示した方向には、いかにも地元密着型の不動産屋といった店舗があり、軒先の看板には、筆文字で『西宿不動産』と書かれていた。

颯太の説明によると、この西宿不動産では数ヶ月前から不可思議な現象に悩まされているという。

厳重に保管されている契約書などが紛失したり、朝、社員が出社するとデスクなどのレイアウトが前日とまったく変わっていたりと、原因不明のあり得ない出来事が立て続けに起こった。この会社のオーナーも、いったいなにが……と怪訝《けげん》に思ってはいたが、紛失した書類も間もなく見つかり、実害は少なかったことから、社員たちを無理矢理宥《なだ》め、具体的に対策をとるまでには至らなかった。

ところが、そうも言っていられない事態が起こる。

この西宿不動産の社員は十人。そのうち、四人の社員が数週間前くらいから原因不明の病に倒れる異常事態になり、ほかの社員たちも極度に怯え、ついには会社を辞めると辞表まで提出してくるようになってしまった。

ここにきて、オーナーも事の重大性に気づき、ある伝手から伊達スタッフサービスを知り、依頼をしてきたとのことだった。

麻衣たちは店舗の前まで来ると、ガラス窓全面に張りつけられた多数の物件情報の紙の間から中を覗いた。

「え、営業は続けるつもりみたいね」

麻衣はまるで遊園地のお化け屋敷に入る時のように顔を引き攣らせながら言うと、海姫は呆れた風に応じる。

「そうだよねぇ、どうやって社員を説得してるんだろうね。伊達社長に聞いたら、ここのオーナーはうちの会社を知ったとき、えらく喜んだみたいよ。そんな派遣会社があるとは！　って。霊能者を呼ぶとか、お祓いをするのはどうしても嫌だったみたい。不動産屋自体に変な噂が立ったら、扱っているすべての物件が売れなくなるからって。それでなによりも、通常業務を続けられる人材を派遣してくれるのが嬉しかったみたい」

「そんなことを言っている場合ではないと思いますけどね。社員が何人も倒れているのに……」

　普段は落ち着いている颯太も若干、引き気味だ。

　このような状況下で人手不足の解消を優先するあたり、商魂たくましいオーナーなのだろうと、麻衣も想像してしまう。

「まあ、そこはうちの売りでもありますから。じゃあ、入りましょうか……うん？」

　そう言いながら正面入り口のドアに手をかけた颯太が形の良い眉を顰《ひそ》める。

「どうしたの？　もう感じるの？　颯太君」

　海姫がわずかに目に力を込めて、颯太の表情を読み取った。

「ええ、店内から薄暗い赤紫のオーラが漏れ出てますね。これは……なんと言うか……なんだろう？　赤いということは怒り？」

　颯太はそう呟く。

「うーん、考えていてもはじまらないし、さあ麻衣も行こ！　……麻衣？　なにをしているの？」

「え!? ううん、なんでもない」

海姫に促されて麻衣はハッとしたように物件情報が貼られているガラス窓から目を離す。そして、颯太がまず事務所内に足を踏み入れ、海姫に続いて麻衣も中に入った。

(さっきのはなんだろう……? 物件情報が一枚だけ光って見えたような……)


中に入ると、思ったより広く、まだ時間的に早いせいかお客は来ていない。商談カウンターの内側には社員と思われる若い男性がひとりいて、三人に気づくと立ち上がり、麻衣たちのところまで来る。首からぶら下げてる社員カードには〝田中〟と記載されていた。

心なしか顔色がよくなく、調子が悪そうに見える。

「あ……派遣の方ですね?」

「はい! 今日からお世話になります。よろしくお願いします」

元気に返事をし、海姫が深々と頭を下げる。さっきまでとは態度が一変し、別人のような屈託のない笑顔を見せた。

田中は一瞬、海姫の笑顔に頬を赤らめると、慌てて麻衣たちをカウンター前にある四人がけのテーブルに促した。

「今、社長に声をかけてきますから、ここで待っててくださいね」

「はい、ありがとうございます」

海姫が再び丁寧に頭を下げて返事をすると、田中という社員は顔色を明るくして、カウンターの裏にあるドアの方へ足取り軽く消えていった。

（み、海姫ちゃん……この子は）

麻衣がにこやかにしている海姫を半目で見つめていると、麻衣の心の内がわかったのか、颯太が困ったような笑顔で麻衣に小声で言う。

「あはは、海姫ちゃん、外面がいいから……。でもそのおかげでどこに行っても気に入られて、いろいろな人から情報を引き出してくれるんだよ」

（むう、なんという猫かぶり。たしかにこんなに若くて可愛らしい子に人懐っこくされたら、悪い気がしないのはわかるけど……）

たった今までしおらしくしていた海姫は、田中の姿が見えなくなると、途端に態度が雑になり頬杖をついた。というより、普段の海姫に戻ったと言うべきか。

「もう、なにを見てるのよ、麻衣は。仕事なんだから、愛想よくするのは当たり前でしょう？　麻衣も少しは笑顔を振りまきなさいよ。オカルト現象ってのはね、現場に来たからってすぐに原因がわかるとは限らないの。だから、原因特定のための情報収集が大事なのよ。みんなが私たちに話しかけづらかったら、仕事にならないでしょう？」

「あ、うん、わかった。こ、こうかな」

麻衣も社会人経験があるので、笑顔を作るくらいは当然できる。

「そうそう。まあ、男性のほうは私みたいな可愛らしいのに弱いから、任せておいて。今はいないようだけど、麻衣は女性担当ね。女性は私みたいな若くて可愛い子に嫉妬しちゃうから、難しいのよ。その点、麻衣なら気に入られそうだから、すごい助かる」

（それはいったい、どういう意味でしょうか？）

作った笑顔が引き攣り、そのまま固まる麻衣を、颯太が横から気遣わしげに見ている。

「お待たせしました、皆さん、こちらのほうへどうぞ」

そこに戻ってきた田中が言った。

「はい！　お手数をおかけします」

海姫はさっと立ち上がり、笑顔でお辞儀すると、田中は照れたように手を前に出した。

「ああ、そんなに畏まらないでね。これから一緒に仕事をする仲間なんだし」

「はい」

ニッコリ笑う海姫に再び照れる田中は、奥にある応接室兼社長室に三人を案内した。海姫に続いた麻衣は、いまだに引き攣った笑顔が戻っておらず、さらにその後ろで颯太が
「ははは……」と乾いた笑いを漏らす。

（海姫ちゃん……恐ろしい子！）

麻衣はごく自然にこのセリフが頭に浮かんだ。


社長室に入ると、ソファーの前で血色のいい小太りの男性が迎え入れてくれた。

「おお、お待ちしてました。では仕事の説明をするので、こちらにどうぞ」

年齢は五十代くらいに見えるが声量があり、芯の通った声色はいかにも優秀な営業マン

であることを想像させた。髪の毛は頭頂部から額にかけて見事に生えていないが、左腕に巻いた高そうな時計やそのテカテカした肌は、いかにもお金のある経営者といった感じだ。

麻衣たちがソファーに腰を掛けると田中は頭を下げて退出し、業務に戻っていった。

「私がこの西宿不動産の社長の金満《かねみつ》です。この度はよろしくお願いします」

対面に腰を掛けた金満社長は軽く頭を下げた。そこで、颯太が説明をしはじめる。

「伊達スタッフサービスから派遣されました、安里、川伊地、私が間之宮と申します。早速ですが、お話を詳しく聞かせていただいてよろしいでしょうか？」

「お話……状況は事前に説明したとおりですが……？」

「はい、概要は存じ上げております。ただ、場合によっては、こちらで起きているという怪奇現象を抑えるだけでは根本的な解決にならない時があるんです。現象の原因を残したままですと、私たちが去ったあとに再発してしまいかねませんので」

「……なるほど、そういうことなんですな。原因もパパッとわかるものと思っていました。私はこういう話にはうとくて、気がつきませんでした」

「いえ……ですが、私がここに来た時に感じたものがありました」

「それは……？」

「実は店内から薄く赤紫のオーラが出ているのを感じました。赤と青のオーラが混じり合ったものです。ひと言で言うのは難しいのですが、赤は怒り、青は悲しみを意味することが多いんです。それで怒りが若干、強いことから、赤紫に見えた……というところではないかと推測しています」

「い、怒り……ですか。人から恨まれるような商売はしてないつもりなんですがね」

颯太の説明にさすがの押しが強そうな社長も顔色を変え、表情が強張る。横で聞いている麻衣も背筋に寒いものが走った。麻衣は霊感が強いが、いや、強いために危険を感じたりしたときは、絶対にその場に近づかないようにしてきた。そのため、こういった怪現象で被害に遭った経験は少ないのだ。

「はい、でもこの会社の今の状況は、これらが関係しているのは間違いないです。ですので、このオーラの出所を突き止めなくてはなりません。それで怪現象が起きはじめた時期とか、その原因に心当たりがないかとか、その辺をお聞きしたいんです」

「……わかりました。最初にこのような妙な出来事が起きたのは、三ヶ月ほど前になりますかな。その時は契約関係の重要書類が紛失したり私の私物が消えたりして、初めは泥棒を疑って警察を呼んだりしました。しかし、盗みの形跡がまったくないのと、その直後になくなったものが出てきたので警察も相手にしてくれなくなり……」

金満社長はポツポツと、当時のことを思い出しつつ語りはじめた。

ひと通り聞くと颯太は頷き、次の質問をする。

「それで社長、そういったことが起きたきっかけに、なにか心当たりはありませんか？顧客と揉めたとか、事故とか、商売上のトラブル、なんでもいいですので」

「ふむ……心当たり……うーむ、それがとんと思い当たらんのです」

首を傾げて金満社長は腕を組む。どうやら本当に心当たりがないらしい。

やや長い時間、社長が悩んでいるので、手持ち無沙汰になった麻衣は周囲を見回した。

六畳ほどの広さに社長のデスクと自分たちが座るソファーがあるため、余剰スペースはほとんどない。壁には賞状がいくつも飾られており、その中心に社長自身の写真があった。先代の写真ならわかるが、自分の写真を飾ってしまうあたり、この社長の自己顕示欲が見て取れて麻衣は内心げんなりした。

そこにノックの音がし、田中がお茶を四つ用意して運んできた。

「あ、失礼します。社長、お茶を用意しましたので」

「お、おお、田中君、すまないね。私も気づかなかった、皆さん、申し訳ない」

会社で起きている怪現象に関して話していることを社員にも聞かれたくないためか、金満社長の声が若干上擦っている。

「い、今、仕事の役割分担の確認とシフトについて説明しているところでね。今後、田中君にはこの方たちをフォローしてほしいと思っているから、よろしく頼むよ」

今言う必要のない話だが、ここでの話を誤魔化すためのものだろう。空気を読んだ颯太たちも話を合わせるように、田中に頭を下げる。

「あ、はい、承知しました。皆さん、よろしくお願いしますね」

田中は相変わらず顔色の悪いまま返事をし、仕事に戻っていった。

田中が退出すると金満社長は、ふー、と息をついて、改めて先ほどの心当たりについて考えはじめる。だがやはり思い当たる節がないようだ。

しばらく、沈黙が続いたところで颯太たちは顔を見合わせる。

「社長、わかりました。その辺はまた気がついた時に、随時教えてください。私たちも周りに怪しまれないように、きちんと業務を行いながら調べていきますので」

「そうですか……助かります」

「いえ、私どもも、気になったことがあればその都度お尋ねさせていただきますから。あ、それと社長、私たちのことは他の社員と同じように扱ってくださいね」

「おお、そうですね。わかりました。では、通常業務についての説明は田中に任せますので、彼に聞いてください」

颯太たちは頭を下げて返事をすると金満社長に促され、社長室を出る。そこで言われたとおりに田中の指示を受けることになった。

まず業務用パソコンの使い方から各書類の在処《ありか》、入力の仕方などを聞き、初日なので仕事に慣れるために、海姫と麻衣は電話番と内勤業務の担当を言いつかった。自動車免許を持っている颯太は、営業補佐として田中の横に張りついて、今、契約が進みつつある物件について説明を受けることになった。

麻衣は業界は違うが、同じような業務の経験がある。そのためデスクトップパソコンを弄りながら、フォルダ別に分類されている書類の種類と書式、その記入方法を確認すると、通常業務に関しては慣れれば問題はないと考える。

（まあ、なんとかなりそうかな……。契約書などはさほど難しくないし……でも）

麻衣たちの仕事はこれだけではない。むしろメインは、この会社に起きるオカルト現象を解明し、その原因を取り除くことにあるのだ。

麻衣はチラッとオフィス内を見渡す。

田中から説明を受けている颯太は呑み込みが速いらしく、田中を驚かせているようだ。

「すごいね、間之宮君。この業界の営業経験があるのかい!?」

「いえ、多少、知識があるだけですよ。田中さんの説明がうまいので……」

（へー、颯太君、一見、頼りなさそうに見えるのに……優秀なんだね）

軽い驚きと頼もしさを颯太に覚え、麻衣は感心する。そして、自分と同じ業務を任された隣の海姫に視線を移す。

（フフフ、こちらは……苦労しているようだったら、私が教えてあげようかな。こういう業務の仕事は経験がものを言うし……!?）

麻衣は目を大きく見開いた。海姫はキーボードとマウスを交互に澱みなく、しかも高スピードで操っている。もちろん、顔はモニタを向いたままだ。

「もう！　私、こういう風に整理されていないのを見ると腹が立つのよね！　仕事なのに効率性を追求しないってどういうことなの？　ここの人たち普段はなにをやっているのよ！　ああ、このフォルダも書類が揃ってないし、契約までの一連の書類がバラバラになってる。なんで役所に出す書類を同じフォルダにまとめないのよ！　どうせみんな必要になるんだから、流れに沿ってまとめておけばいいのに。ああ、こっちは経費処理の古い書式が残ってる！」

小声で文句を言いながらも手は休めない海姫を、麻衣は口をあんぐりとさせて見つめてしまう。

「これもここ！　この書類はコピーしてこちらのフォルダ内にも入れて……うん？」

海姫が自分を見つめている麻衣に気づく。

「……なに？　麻衣。わからないことでもあるの？」

「う！　ううん！　全然！　す、すぐにわかったよ、うん」

「あ、そうだよね、麻衣も内勤業務の経験はあるんだよね。あ、これさあ、今のうちに整理しておいたほうがいいよ。デスクトップに書類が散らばってるし、フォルダ内もぐちゃぐちゃ！　使いやすいようにしておかないと、時間の無駄だからね」

「そ、そうだよねぇ、本当に使いづらいなぁ……あはは」

年下の海姫の素早い仕事ぶりに圧倒されて乾いた笑いを漏らしながら、彼女の操るデスクトップのモニタを覗くと綺麗に整理され、わかりやすくフォルダごとにまとめられている。颯太もそうだが、海姫の優秀さを見せつけられ、自分を一番年上で一番社会経験が深いと考えていた麻衣はなんとも言えない気持ちになる。

（違うもん！　べつに敗北感なんて感じてないから！）

涙目で首を振っている麻衣に目もくれず、海姫はあるフォルダを開くと目を細めた。

「……麻衣、これを見て」

「え？　なに？」

　麻衣は海姫が指を差した、数百件はありそうな書類データ一覧を見た。

「これはここで扱っている物件リストよ。こちらは地主から物件取り扱い委託を受けたもので、こちらは売却済みリスト。これを見ればそれぞれの契約した日がわかるわ」

「あ……じゃあ」

「そう。ここでのおかしな怪現象が起きはじめたのは三ヶ月前。今は五月だから、もし物件の取引が原因になっているとしたら、二月より以前の取引物件に注目すべきね……。社長の話では、社長の自宅ではなくこのオフィスに怪現象が起きるということだから、まずはこの辺に絞って調査するのがいいわね」

「……」

「とりあえず、このリストにある二月より前、一月に取引があった物件について手分けして調べよ。麻衣はまだ慣れてないから、気になったものがあったらすぐに言ってね」

「わかった。でも、リストのどこを調べれば……？」

「そうね、まずは契約内容と金額、この立地にしては異常に安いとか、逆に高いとか。参考土地価格はここにあるわ。それと地主とのトラブルはなかったか……なんだけど、それは社員から聞き出すしかないかなぁ。社長は身に覚えがないってことだから、あり得るとすれば、営業社員が契約関係で揉めたのを秘密にしている場合くらい……か」

顎に右手を添えて思案するように言う海姫の言葉に、麻衣の緊張が高まる。

(な、なんだか、オカルト現象の特定って探偵みたいなノリがあるのね)

なにはともあれ、麻衣は海姫に言われたとおりに、契約リストを見ながら書類を調べることにした。


この日は平日のためか来客は少なく、運よく問い合わせの電話も少なかったので業務は滞りなく回り、ひとりしかいない正社員の田中も安堵していたようだった。

昼時を過ぎたところで順番に昼休憩を取ろうということになり、先に麻衣と颯太、次に交代で田中と海姫が休むことになった。

「では田中さん、お先に休憩をいただきます」

「うん、ふたりとも四十五分でお願いね。この辺は駅の方に向かって歩けば、食べるところは結構あるから」

「わかりました」と答えた颯太と麻衣が、外に出ようと出入り口の強化ガラス製のドアを開けようとした時、

「……うん?」

前を行く颯太が怪訝そうな声を出した。

「どうしたの? 颯太君」

「ドアが……開かないんだよね。田中さん、ドアが開かないのですが……!?」

　すると突然、オフィス内のデスクや棚が小刻みに揺れはじめる。

「え？　地震!?」

　麻衣も驚き、後ろを振り返る。元々、顔色の悪い田中はさらに青ざめて慌てて立ち上がった。その表情はまるで何度もこういう経験をしたかのように、またか！　と言っていた。

　まもなく揺れは収まり、オフィス内は静寂を取り戻した。皆、時間が止まったように硬直していたが、田中が場を取り繕うように本日から勤務の三人に声をかける。

「あ、揺れは収まったね！　たいした地震じゃなかったみたいで良かった、良かった！　じゃあ、ふたりは休憩に行っていいよ」

　田中にそう促されると、そうですね、と颯太は笑顔を見せ、訝《いぶか》しんでいる麻衣を誘いオフィスの外に出た。

「ちょっと、颯太君。さっきの本当に地震？　私には……」

「……地震じゃないですよ、麻衣さん。地面は揺れていませんでしたから。これが話に聞いていたオカルト現象ですね」

「!?」

　当たり前のように言われ、麻衣は顔を強張らせてオフィスの入り口方向を振り返る。

「あれ？」

　麻衣の視界に不思議なものが入った。このオフィスに入る際にも気になったのだが、入り口横の大きな窓に貼り付けてある複数の物件情報のチラシのひとつが、ぼやけたように白い光を纏っているのだ。そのチラシには古い造りの家屋と広い庭先が写った写真が掲載されている。

（これは……なんだろう……？　この感じはまるでなにかを訴えているような……）

小さくて細かいところまではわからないが、麻衣は特にその写真の庭先の方に目が引きつけられる。

「どうかしましたか？　麻衣さん」

麻衣の表情を見てなにかを悟った颯太は頷いた。

「麻衣さんも相当に霊感が強いですから、さっきの怪現象になにかを感じたんですね？　それなら僕もすこしだけわかったことがあるので、昼食を取りながら話しましょう」

颯太に言われて麻衣は静かに頷いた。

ふたりはオフィスと西宿駅の中間ぐらいにある小さな喫茶店に入り、日替わり定食をふたつ注文する。颯太はグラスの水に口をつけると、怪現象について話しはじめた。

「麻衣さんには話していませんでしたが、僕は人や物から出るオーラを読み取る能力があるんです」

「オーラ……？　あ、そういえば颯太君、社長とそんなことを話してたよね」

麻衣は金満社長と颯太とのやり取りを思い出した。

「はい。何故見えるのかと言われると正直、僕にもわからないところがあるんですが見えるんです。発するオーラにはそれぞれ特有の色彩があって、色によって意味合いが違います。たとえば、赤からは怒りや激情、情熱、青からは冷静さや悲しみ、寂しさ、といった意味を読み取ることができるんです」

「なんか……すごいね」

「いえ、僕はその色がわかるだけですので……。それで、さっきの現象の時なんですが、今朝オフィスに入る時に見えたオーラよりも明確に色が見えました」

感心する麻衣に颯太は少しだけはにかんだが、すぐに真面目な顔になった。

「やはり赤が強く、青が混じった感じだったのですけど、最初に見た色よりも赤が濃くなっていて、しかもオーラの出方が少し乱暴な印象だったんです」

「え？　それって……たしか赤は激情とか怒りとかを意味するんだよね？　ということは……」

「はい……この現象の原因になるなにかは、この会社に対して怒っていて、しかも怒りは徐々に増しているんだと僕は考えます」

颯太の話に麻衣は顔を引き攣らせる。

(そ、それは怖い)

「ですので、ちょっと調査を急いだ方がいいですね」

颯太の判断はわかるが、麻衣は颯太ほど冷静にはいられない。正直、たとえ原因がわかったとしても自分はどうしたらいいのかわからないのだ。霊感が強いのは認めるが、言ってみればそれだけだ。先日、炊亭になんの説明もなく呼び出されたマンション建設現場では逃げ回るだけで精一杯だった。おかげでこの数日寝つきが悪い。

「颯太君、先に言っておくけど、わ、私は特別な力なんてないよ。だって、この派遣会社に登録したのも、あのアホ……じゃなくて伊達社長に騙されたみたいなもんで」

「ああ……その経緯は冷歌さんから聞いてます。僕もさすがにちょっとひどいかな、って思いました」

「ひどいなんてもんじゃないよ！　だいたい、私は普通の仕事がしたくて転職活動をしていたのに……」

麻衣が怒りをぶちまけていると、注文した定食がふたりの前に置かれる。颯太は気の毒そうな表情で麻衣の愚痴を聞き、困ったように笑いながら頷く。

「あはは……でも、麻衣さんは真面目ですよね、それに責任感も強いです」

「……え？」

「だって、ここにも来てくれましたし……」

「そ、それは伊達スタッフサービスとの契約内容が」

「僕、見てましたけど、さっき海姫さんと一緒にこの怪現象の原因を真剣に調べてくれてたみたいですし、伊達さんに無理矢理みたいな感じで派遣されているのに、与えられた仕事を投げ出さないのはすごいです。それになにもできないことなんてないですよ。あの冷歌さんが言ってました。麻衣さんは才能豊かだって」

「冷歌さんが？　そ、それは、給料をちゃんともらうからには義務も生じるわけで」

麻衣は思わぬ自分の評価に気恥ずかしくなり、しどろもどろになってしまう。長い間、他人から褒められたことがないために、人からの賞賛に対する免疫が育っていない。

「ご、ご飯を食べましょう！　颯太君。それで早くこんな仕事を終わらせよ」

「はい」

顔を赤らめている麻衣に、颯太はニッコリと屈託のない笑顔を見せて箸に手を伸ばした。

「あ、伝えてなかったのですが、もうひとつ重要なことがわかったんです」

「え？　それはどんなこと？」

まだ心が整っておらず、忙《せわ》しなく箸を動かしていた麻衣は顔を上げた。

「あのオーラの原因ですが、まず幽霊や人の思念ではないです」

「そんなこともわかるの!?　颯太君」

「はい……なんとなくではあるんですが、間違いないと思います。というのも、幽霊や人の思念に特徴的な念が感じられませんでした。それとオーラの外側に……金色の輝きがあったように見えたんです。それは神仏に関わるものによく見えるものなんです」

麻衣は幽霊ではない、と言われて心からホッとするが、一方で疑問も湧いてくる。

「じゃあ……原因は？　神仏って……まさか、祟《たた》り!?」

「……わからないですが、その可能性はあると思います」

麻衣は露骨に顔をげんなりさせ、それは幽霊より怖いのではないか、と思ってしまう。

「うへー、神仏に祟られる会社って……すぐに潰れそう。っていうか、そもそも不動産屋って、お寺や神社の土地売買に関わることがあるのかな？」

「滅多にはないですけど、神社やお寺も土地を売ることはありますよ。そして、その土地に建物を建てるときに地鎮祭をしなかったり、やったとしても適当だったりで……土地の神様のご不興を買うなんてことは結構ありがちなんです」

麻衣の恐怖心が増しているのを見たのか、颯太は言葉に力を込めて笑ってみせる。

「でも、心配いりませんよ、麻衣さん。それは、海姫ちゃんが専門ですから」

「え？　海姫ちゃんの専門……？」

「はい、海姫ちゃんは巫女ですので、こういった土地神様のことには詳しいはずですよ。さっきのオカルト現象ですでになにか気づいている可能性も高いですし、ひょっとしたら、思っていたよりも早く解決できるかもしれません」

「ほんとに!?」

麻衣が驚くと颯太は「はい」と応じ、笑みを見せた。

実は、麻衣は海姫の能力よりも、海姫が巫女だったことのほうが驚きだったのだが、そこは伏せることにした。

(あれだけの猫かぶりの正体が巫女さんとは……想像できなかったよ)

「事務所に戻りましたら、海姫ちゃんとも話を共有して、原因としての可能性が高い土地付きの物件を中心に調査しましょう」

「土地付きの物件……え？　あ……そう言えば！」

麻衣が目を見開いて颯太を見つめると、颯太はキョトンと首をわずかに傾げた。

麻衣は、ガラス窓に貼られていた、ある物件情報がぼんやりと光を放っているように見えたことを伝えた。すると、颯太は驚いて「すぐに確認に行きましょう！」と立ち上がり、まだ食べ終えていないランチ定食を涙目で見つめる麻衣を促して、喫茶店をあとにした。


西宿不動産の営業終了時間の午後八時をまわると、田中がオフィスの出入り口にシャッターをおろし、派遣新人社員たちに振り返った。

「三人ともお疲れ様でした。あとはいいから、今日はもう帰っていいですよ」

それを聞いて颯太たちは立ち上がり、田中に挨拶をして西宿不動産を出た。というのは見せかけで、実は三人は田中が帰るのを少し離れたところに隠れて待つことにしていた。

しばらくすると、後片づけを終えた田中が帰宅の途についた。

それを見届けた麻衣たち三人は、西宿不動産に戻ってきてシャッター横に張り付けてある物件情報の前に立つ。

「麻衣が光っているように感じたのは、これね」

「う、うん。でも、本当にこれが原因なの？　ひょっとしたら私の勘違いかも知れないし」

腕を組んでその張り紙を見つめている海姫に、麻衣は自信がなさそうに言う。

「いや、麻衣さんの目にそう見えたのは勘違いではないと思う。こういった怪現象は必ず、それに連なる物や品にも異変が生じるんだ。もちろん、縁の深いものほどわかりやすい変化が起きるんだけど。こういった写真や原因になった場所をあらわす地図にも、小さいとはいえ縁が結ばれるから。それにしても、麻衣さんはすごいよ！　物件情報だけなのに敏感にその原因になるものを感じ取るなんて」

「えぇぇ、私が!?　そうなの!?」

「麻衣は……こんなにすごいことをしているのに、本当になにもわかってないのね」

「そうですよ！　麻衣さん。訓練なしにこれだけのことを感じ取れるんですから。すばらしい感性の持ち主だと思います！　これはしっかり訓練すれば、熟練した霊能者に負けないくらいの精密な霊視ができるようになるかもしれないです。いや、もしかしたら千年の時を超える霊視、千年眼にも……」

「颯太、うるさい。興奮しすぎ」

「あ……すみません。つい……」

（えっと……なんの話かな？　私は普通のＯＬで、正社員になれれば十分なんだけど……）

麻衣には颯太の言っていることはほとんど理解できないが、興奮気味に自分を褒めてくれているのはわかる。悪い気はしないけれど、霊能者なるものにはまったく興味のない麻衣にとっては、正直微妙だった。

「それで海姫ちゃん、調べてみてどうだった？　麻衣さんが不審に感じたこの物件だけど」

「ビンゴね……まず間違いないわ。颯太から聞いた時はまさかと思ったけど、調べてみればそれらしいのがたくさん出てきた。それとなく田中さんに聞いてみたら、ちょっと慌ててたもの。わかりやすいよねぇ。〝その物件は僕がやるから、海姫ちゃんはなにもしなくていいからね〟だって。私に危険が及ばないように気をまわしたのよ、田中さんは。ふふん、もしかしたら私にひと目ぼれしたのかな？　まあ、仕方ないわよね、私、可愛いから」

海姫は当然のことのように言い、肩を竦めて鼻を鳴らした。

（こ、この子は……よくそんなことを。可愛いのは事実だけど……恐ろしい子！）

麻衣は胸を逸らす海姫を見ながら、胸に敗北感が湧き上がるのを感じた。

「それにしてもあの社長、なにが心当たりがないよ！　こんなの心当たりがありすぎて困るぐらいよ！　実際、田中さんや従業員の皆も、わかっているみたいじゃない」

「み、海姫ちゃん、結局、どんな物件だったの？」

突然、地団太を踏んで怒りだした海姫に引き気味の颯太が聞く。麻衣も気になり、海姫に顔を向けると海姫はふたりに呆れ顔で語りだした。

「それが聞いてよ！　聞いたら馬鹿馬鹿しくなるわよ」

西宿不動産は、ある古民家を物件として扱っていた。

これは金満社長が自ら手に入れてきた物件で、店頭やホームページでも前面に押し出しているぐらいの優良物件なのだという。

最近古民家は、外装は残し、中だけをリノベーションして喫茶店などの飲食店にすると集客が見込めるため、人気が高まっている。

金満社長が見つけた古民家は、駅からも近く、人通りの多い商店街と閑静な住宅街を繋ぐ道の途上にあり、立地としては申し分ない。また庭も広く道を挟んで正面が緑豊かな公園になっていて、塀を撤去すればいろいろな使い方が考えられた。

だから西宿不動産屋としても大きく売り出そうと考えていたのだという。

ところが、この古民家の売りのひとつである広い庭の中央に大きな岩があった。縁側から中庭や敷地の外の風景を見るのに邪魔になるので、金満社長は大岩を移動させるために業者を雇ったとのことだった。

しかし……その時からだったのだ。不可思議なことが起こりはじめるのは。

まず、その大岩の移動を請け負った業者が、作業の準備とその工程を見積もっていると、作業員たちが次々に高熱で倒れてしまう。

業者の責任者は気味悪がったが、金満社長から早くしてくれと強く言われたため、残った人員でなんとか庭の中央から移動させた。

すると今度は西宿不動産内で「妙な声が聞こえる」とか「原因もなく器物が破損したり紛失する」などという怪現象が起きはじめた。

そして、ついには西宿不動産の社員たちまでもが原因不明の高熱に倒れていった、というわけだったのだ。

麻衣と颯太は海姫の説明を聞き半目になって呆れる。その顔には「どう考えても誰が見ても、この物件が原因とわかる事案じゃないの」と書いてある。

「ね？　こんなにわかりやすい話はないでしょう？　本当に……あの社長は！　社員たちも、なにも言わなかったのかな？　どうせ辞めるんだったら言えばよかったのに」

そう言う海姫の気持ちもわかるが、会社員の経験のある麻衣には、社員たちのおとなしい反応がなんとなく理解できる。

社員たちもこの件に対して意見を言いたかったのだろうと思う。しかし、この古民家は社長の肝入り物件であり、中小企業のワンマン社長にはみんな意見をしづらい状況だったのではないか。ましてや、非現実的なオカルトの話だ。こんなにわかりやすい状況なのに身に覚えがないと言うあたり、金満社長は霊的なことなどまったく信じていないだろうことは容易に想像できる。

「その辺は……仕方ないよ、海姫ちゃん。みんな必死で働いているから上司には言いづらいこともあるんだよ」

「……ふーむ、そういうものなのかな。これがうちの社長だったら、コテンパンに言ってやるのに」

まだ完全に納得してはいないようだが、海姫もそういうものなのかという表情を見せる。たしかに麻衣もこれが炊亨であったら絶対に許さない。それこそ徹底的に糾弾してやろうと思う。でも逆に言えば、そうすることができるという意味では、伊達スタッフサービスは風通しのよい会社なのかもしれない。

（いや……これは考えがポジティブすぎだね。そうでもしなければ会社が成り立たないレベルだから！　あのポンコツ社長の場合）

　麻衣は頭に浮かんだ炊亭の緩んだ顔を振り払い、颯太に尋ねる。

「つまり、その大岩になにかあるってことなの？　颯太君」

「うん。たぶん、大岩は家のご先祖様が土地神様を祀るために置いたものだったんだろうと思います。だいぶ前から手入れもお供えもされていなかったんじゃないですかね。だから、しめ縄も切れてなくなっていたのかも。それで金満社長も大事なものと知らずに移動を指示した可能性もあります」

　これは颯太の想像も入ってはいたが、その後の話でそれが事実だったと判明する。

「なにはともあれ、原因がわかってよかった。最悪、死人が出たっておかしくなかったんですから」

「ええーー!?　そんなに危険なことなの、颯太君」

「はい、しかも物が揺れる、なくなる、といった物理現象まで起こすほどの強い力です。相当、怒りの念がたまっていると思うので生命力の弱い人だったら真剣に危ないですよ」

「そ、そんな怖いことを普通に語られても……」

「まあ、いいわ。さすがに今日明日でどうにかなるものではないし、本格的に動くのは金満社長に報告してからにしましょ。私もすぐにでも祈禱ができるように準備をしておくわ」

次の日、麻衣たちは金満社長にこのことを伝えた。自分のせいなのに関係ないような顔をしてひどく驚く社長に、三人とも乾いた笑いを見せると、早速現地に赴く。

海姫が祭壇を設け、大岩に祈禱とお供え物をして事態は収束した。

その後、麻衣たちはほかの従業員たちに怪しまれないように、ひと月は西宿不動産の通常業務をこなし、若干、無理はあるが周りには三人とも家の事情で、という理由で退社したのだった。

その時、田中が海姫との別れを大いに悲しがったのを見て、麻衣は引き攣った笑いを見せる。

（田中さん……私には笑顔で「お疲れ様」だけだったんですけど！）

その麻衣の隣では颯太が気遣わしげな笑みを浮かべていた。

第三章　はた迷惑なゲーム

その日麻衣は、数十人が座るオフィスの一角で、デスクトップパソコンを前にひとり四苦八苦していた。

（えっと……このプログラムはどこが間違ってたんだっけ？　ああ……全っ然わからないよ！　C++とかC#とか初めて聞いたし！　こんなプログラムの専門知識なんか私にあるわけないじゃない！）

今回の麻衣の派遣先は大手コンシューマーゲーム制作会社の下請け、プログラミングを担当する『こーど・ふぁーすと』という会社だ。人手不足の業界で、腕のいいプログラマーが多数いると評判の有名な会社らしく、多くのレーベルのゲームの仕事を請け負っている。

業績も悪くなく、大きなビルの五階部分をすべて使い、オフィス面積も広い。

世間の噂どおり非常に忙しい業界というのはまさしく真実で、社員たちは全員無駄口も叩かずパソコンを睨み、目にも留まらぬスピードで動かされる指に麻衣は感動すら覚えてしまう。

このプロフェッショナルが集まる職場に、麻衣はよりにもよってプログラマーとして派遣されたのだ。もちろん、本当の目的は別のところにあるのだが、炊亨は「通常業務もできるというのがうちの売りだからね！　麻衣ちゃん、よろしくね！」と相変わらずの調子だった。

(真田寺さんは大丈夫なのかな？　私よりもたくさんの仕事を引き受けてくれたけど……)

今回、真田寺燈二もプログラマーとして麻衣と一緒に派遣されている。

派遣先の最寄りの地下鉄駅で燈二と待ち合わせをし、職場に到着するまでの間に仕事の概要を教えてもらった。

燈二とはすでに一度、会ったことがあるので、問題なく合流することができた。燈二は炊亨と同じくらいの高身長なのだが、眼鏡をかけたその理知的な雰囲気からは、炊亨とは真逆の印象を受ける。

燈二は簡潔にわかりやすく仕事の説明をし、それ以上の話をしようとはしない。そのためなんだかとっつきにくく、麻衣も若干、気まずい空気を感じながら『こーど・ふぁーすと』のオフィスに足を踏み入れた。

中に入ると、この理知的な眼鏡男子を見て頬を赤らめた受付の女性が、麻衣たちが配属される職場の責任者のところに案内をしてくれる。

その受付嬢のあとを並んで歩きながら燈二が口を開いた。

「川伊地、なにか感じるか？」

「え!?　あ、はい……今のところはなにも感じないです」

麻衣はその質問の意味がわかっているので、緊張気味に答える。

「そうか……僕もだ。ちょっと、厄介だな。出所の調査からしないとダメそうだ」

「あ、あの……真田寺さん、私、プログラムのことなんか全然、わからな……」

「川伊地、お前は仕事をしながら周囲の人間たちから情報を引き出せ。僕は被害者たちの仕事の状況や共通点を探る」

麻衣の言葉を遮り、燈二は指示する。そもそも麻衣の話になど興味すら持っていないのだろう。彼の意識は依頼遂行のための道筋だけに向かっているようだった。

「川伊地、気を引き締めろ。聞けば怪我人も出ている。指示は出す。でもなんでも僕に頼ろうと思うなよ。いざというときは、自分の身は自分で守るぐらいのつもりでいろ」

「あ、はい……頑張ります」

それ以上、なにも言えずに麻衣は頷いた。

(うわー、やりづらいよ〜。なんか真田寺さんってSっぽい)


そして、今、麻衣はわかるはずのないプログラミング言語を睨み、炊亨の顔を思い浮かべイライラを募らせている。

「あんのアホ社長がぁ！　完全な人選ミスでしょうがぁぁ!!　なにが心配ないだよ！」

麻衣が突然叫んだので、驚いた左右のプログラマーたちは思わずコーヒーをこぼしてしまった。

＊＊＊

この数日前。

麻衣が海姫や颯太と派遣された西宿不動産の一件が片づき、冷歌に報告を終えるとすぐ次の日の昼頃に炊亨から連絡が入った。

麻衣は部屋着のまま〝理不尽な契約を破棄する方法〟をネットで調べている最中だった。そこに携帯電話が鳴り、画面を恐る恐る覗くと嫌な予感は的中し、伊達炊亨という発信者の名が目に入る。

麻衣はげんなりしたが無視するわけにもいかず、電話に出ると麻衣にとっては雑音でしかない元気な声が耳元に響き渡る。

『あ、麻衣ちゃん？　いやぁ、お仕事、お疲れ様！　向こうの社長さんも大喜びだった。それに颯太から聞いたよ。すごい活躍だったんだってねぇ。颯太はべた褒めだったよ。滅多に人を褒めない海姫ちゃんまでが、麻衣ちゃんのことを〝まあまあ使えるわ〟って言ってたからねぇ』

（まあまあ使えるわ、って……）

海姫の言いようが目に浮かび、麻衣は苦笑し、諦念の表情で息を吐く。

（た、たしかに海姫ちゃんは優秀だったよ……そりゃ私なんかよりもずっと）

わずか一ヶ月ではあったが、西宿不動産で一緒に仕事をしてみてわかったのは、彼女がとびきり優秀だということだった。もちろん、颯太もである。

海姫は営業から上がってくる事務処理の傍ら、パソコン内の書類の整理を行い、すべての物件ごとに見たいデータが一括で見られるように作り変えてしまった。また、営業マンがいまだに手書きで提出している書類も、金満社長に提案して廃止してもらい、すべてパソコン上で入力し、共有ファイルに入れるだけで社長が決済するというシステムも作り上げた。

そんな大企業では当たり前のシステムも、地場の小さな不動産屋ではコストをかけるのが難しかった。ところが、海姫が外注することなく作成してしまったので、金満社長からも従業員からも大いに喜ばれた。

それに加え、仕事中は優しく健気な表情、時間を見つけては従業員一人ひとりに丁寧に使い方を教えていく海姫が、誰からも好かれ認められていくのが手に取るようにわかった。

そして颯太はといえば、このたった一ヶ月の間の営業で新規賃貸契約を十件、また売買契約を三件取ってきて、社長を含めた先輩営業マンたちの度肝を抜いていた。

ちなみにそのスピード契約に至った顧客の八割は女性だったりする。

（あの颯太君の笑顔は反則だからなぁ……）

そんな中、麻衣の存在感は限りなく薄かった。オカルト現象の解決よりも通常業務で頑張ろうとしていたのにもかかわらず、ふたりの放つ光が強すぎて完全に日陰者扱いだった。

（へこむわぁ、私の霊感のおかげで怪現象が解決されてから、事務仕事ではまったく目立つことがなかった……）

　そもそも麻衣はごく普通の仕事について、ごく普通の生活を送りたかった。こんな人にも言えない霊感なんかをウリにするつもりはなかったのだ。ところが今回、霊感のみが役に立った結果になって、自分でも納得できず落ち込んでいた。

「はぁ～」

『あれ？　どうしたの？　麻衣ちゃん、ため息なんかついて。やっぱり俺にはわかってたんだよねぇ。なんていうかなぁ？　この人を見る目っていうの？　この俺の経営者としての勘が、才能のある麻衣ちゃんを絶対雇わなくちゃ！　って伝えてきたんだよね』

「……」

　イラッとする麻衣。

（なにを言ってるのかな、この人は！　単に私の霊感の強さに気づいただけのくせに！）

『うん？　ということは……これは俺の手柄でもあるのかなぁ。ははは！』

　炊亭が意味不明な論法で空気を読まない自画自賛をはじめたので、どうでもよくなった麻衣は電話を静かに切ろうとする。

『あ！　麻衣ちゃん！　なんで!?　切らないで！　大事な用件があるんだよー！』

　その瞬間、何故わかったのか、慌てる炊亭の声が聞こえてきて麻衣はジト目で携帯を見つめる。

(たしかに……変な勘だけはあるみたいね)

「じゃあ、早く用件を言ってください。私も今、忙しいんです」

『ごめん、ごめん、実はまた新しい仕事があってね。それで麻衣ちゃんに行ってもらいたくて電話したんだよ』

「え!? もう次の仕事があるんですか?」

『そうそう、今回もお願いできないかな。大丈夫、ひとりじゃないから』

携帯を片手に難しい表情で麻衣は考える。

(こんなに仕事がすぐに……本当、世の中どうなってるのかな? そんなにオカルト現象が蔓延《まんえん》してんの? まあ、今はまだ懐的に厳しいし、仕事がもらえるのはありがたいことなのかもしれないけど……また怪現象とかなんだよね、きっと)

麻衣はそう考えると気が重い。

『今回は燈二が一緒だから、楽できるよ! 彼は優秀だからねぇ、全部、任せておけばいいから。俺もいつもそうしてるし。おいしい仕事だよ!』

(ああ、嫌だなぁ、正直、怖いし。霊感が強いってだけで私はなにもできないのに。それに伊達さん、適当すぎて信用できないし)

麻衣は電話の最中にも関わらず、もの思いにふけり、炊亭の声が聞こえていない。

「はあ~」

『麻衣ちゃーん、ひょっとして考え中なのかな? あ、前回と違って今回は都心だし、通いやすいよ。それにねぇ、今回はねぇ……ふふ、言っちゃおうかなぁ、でもなぁ、仕事を受けてくれたら言おうかと思ってたしなぁ……どうしようかなぁ？』

炊亨はもったいぶった言い方で麻衣を釣ろうとする。

しかし、麻衣には聞こえていない。

（そもそも今まで私は霊感を使って仕事なんかしたことはないし。それどころかこの自分の霊感の強さは正直、ずっと煩わしかった。みんなが感じなくてもいいことを感じて、怯えなくてもいいことが怖いんだもん。それでいて他人には言えず、言ってしまえば、変わった子、というレッテルを張られてしまう）

『よーし！　言っちゃうかな！　これを聞いたら絶対、引き受けたくなるぞぉ。実はぁ、なんと！　今回は交渉して成功報酬にかなり色をつけてもらったんだよ！　どうだ、すごいだろう！　この社長である伊達炊亨自ら頑張っちゃったよ。ふふふ、どうだい？　これでちょっとは麻衣ちゃんも見直したんじゃないかな？』

電話越しでも伝わってくる炊亨のドヤ顔。しかし、麻衣は聞いていないので無反応。

『……。えーと……麻衣ちゃん？』

（でも、そんな霊感が私と伊達さんとを引き合わせ、仕事をもらえるきっかけになったんだよね……。ああ、なんて皮肉な。せめて……伊達さんがまともな人だったらなぁ）

「はあ〜」

大きく息を吐き、麻衣は空いている左手で自分の髪の毛をクシャクシャとかき回す。

『おーい、麻衣ちゃーん、聞いてる？ あ、盛大なため息をついているってことは聞いてるんだよね。どうしたのかな？ ひょっとして……まさか俺のことまだ怒ってる？』

（ううん、今はできることをしよう。行動もしないでうじうじ悩んでるのは、私らしくないじゃない。そうだよ、私！　チャンスは最大限に生かさなくちゃ！　この仕事は怖いけど今は嫌でも受けてお金にゆとりを作りつつ、真っ当な仕事を探そう！）

元来前向きな麻衣は、自分を鼓舞するように左手を胸の前でグッと握る。

「そうだよ！　そのとおり！」

麻衣はもの思いにふけると、ひとり言が多くなる癖があった。

『ええ⁉　やっぱり……そうだったんだ』

炊亨は、麻衣の言葉に珍しくしおらしい声を出す。

『麻衣ちゃん……実は俺もちょっと反省している。麻衣ちゃんをスカウトしたいがゆえに、ちょっとだけ……本当にほんのちょっとだけ強引だったかな、って。でもね、それは今後の俺自身の行動で、麻衣ちゃんに納得してもらおうと思ってるんだ。だからもし、俺に思うことがあったらなんでも言って！』

（でもなぁ、この派遣会社からの仕事って……怖いんだよね。前回なんて祟りみたいなもんだよ。私はただ霊感が強いだけのか弱い女性なのに……それなのに……）

「伊達さん、アホなんだもん。いい加減だし」

『い⁉』

麻衣は深刻そうに、それでいて嫌悪感を隠さない声色で呟く。

「人としてどうかと思うレベルだよ」

『はう!?』

麻衣は考えがだだ洩れになっているが、本人は集中しており気づいていない。

ここで麻衣はハッと我に返って、炊亨と電話中だったことを思い出す。

「あ！　すみません。ちょっと考えごとを……どうしたんですか？　伊達さん」

電話越しでもわかる炊亨の珍しくローテンションな声色に小首を傾げた。

『ままま、麻衣ちゃんてさ……初めて会ったときにも思ってたんだけど、周りから考えているることがわかりやすいとか言われない？』

「え!?　なんでわかるんですか!?」

『あ……いや、なんとなくね』

炊亨の指摘に麻衣は驚いた。自分でも直さなければいけないと思っていたからだ。

『と、とにかくさ、新しい仕事は受けてくれるかな？　報酬も……たぶん、聞いてなかったと思うけど……頑張って上げてもらったから。それに今回はうちのエースの燈二がついて行くから、心配しなくても平気だよ』

「燈二……あ、真田寺さんですか」

麻衣の脳裏に、眼鏡をかけた長身のスラリとした青年の姿が浮かんだ。初めて派遣されたマンションの建設現場で一緒だった人物だ。表情は豊かではないが、冷静沈着な雰囲気を纏っていたことを覚えている。

『そうそう、先方が急いでいてね。それで日程が明日からになっちゃったんだけど』

「……わかりました。それで仕事内容と派遣先の場所は？」

正直に言えば麻衣も怖いのだが、前回の報酬は思った以上に高額だった。今は来た仕事は受け、今後のためにも経済的基盤を固めるべきだろう。

麻衣が仕事を受けると聞いて、喜んだ炊亨はすぐにいつもの調子を取り戻し、いつもどおりに適当な説明をしたのだった。

＊＊＊

麻衣は自分の大声で驚かせてしまった左右の先輩プログラマーに謝りつつ、再びわかるはずもないパソコン画面を睨む。

「川伊地、ちょっと代わって」

背後からの声に麻衣が振り返ると、そこに今回一緒に派遣された燈二が立っていた。

「あ、真田寺さん、はい」

麻衣は慌てて立ち上がり、燈二に席を譲った。燈二は麻衣の席に座り、書類に目を通す。

「これが指示書だな？」

「……そうです。私、まるでわからなくて全然、進んでなくて」

「これは僕がやっておく」

「え⁉　真田寺さん、これ、できるんですか？　でも、真田寺さんも自分の仕事があるのに……それに私の分もすでにたくさん引き受けてもらって……」

「今日の分はもう終わった」

「えーー⁉　もうですか⁉」

驚く麻衣に構わず、燈二は目にも留まらぬタイピングでプログラムを組んでいく。

「す、すごい……真田寺さん」

本日付けで赴任したふたりは即戦力という触れ込みになっており、朝礼で簡単な挨拶をしたあと、すぐに麻衣たちの配属された一課の大堀リーダーという上司から「よろしくね」と大量の仕事を任された。

その際、プログラミングの指示書の分厚い束を受け取った麻衣は、呆然とする。

周囲のプログラマーたちは新人などにあまり興味もないのか、朝礼が終わると何事もなかったようにそれぞれの仕事に没頭しはじめる。その様子を見た麻衣は、ここはまさに戦場というイメージがピッタリだと思った。

麻衣は自分にあてがわれた指示書をペラペラと捲《めく》り、中を確認していくとだんだん顔が青ざめてきた。理解のできない文言がびっしりと並んでいたからだ。

「川伊地、ここはいいから情報収集を頼む。今は忙しくて皆、自分の仕事に没頭しているように見えるが、それぞれに思うところがあるはずだ。怪我人まで出ているからな。なんでもいいから気になるところを調べておいてくれ」

「は、はい！」

燈二は短時間でプログラムを組むと、麻衣の持っている指示書すべてを黙って取り上げ、なにも言わずに自分の席に行ってしまった。

燈二に言われると反論がまったくできない。つい条件反射のように従ってしまう。

麻衣は一旦、オフィスから廊下に出てどうしたものかと考える。

（ああは言われたけど、考えてみたら、どうやって調べればいいの？　今のところ、オフィス内ではなにも感じられなかったし……）

麻衣は『こーど・ふぁーすと』のオフィスの出入り口のドアを少しだけ開けて中を覗く。

（それに化け物が出たって……説明は受けたけど怖すぎ……本当なのかな？　みんなゲームを作っているから現実とゲームの区別がつかなくなってるとかじゃないよね？　とてもそんな雰囲気はないんだけど）

ワンフロアをすべて使っている広いオフィス内は雑多な印象はあるが、壁の半分は大きな窓になっていて、全体的には開放的である。

今回の依頼の内容を燈二から聞いた時には驚きというより、本当だろうか？　というのが麻衣の正直な感想だった。

というのも、それが幽霊でも祟りでもなく、モンスターが出たというものだったからだ。

しかも、目撃者の話ではそのモンスターというのは、真っ黒な炎を纏ったオオカミのような姿で、この世のものとは思えなかったという。さらに一メートルほどの巨大な蝙蝠《こうもり》のような生き物が複数現れ、襲ってきたという目撃証言もある。

これだけ聞けば夢でも見ていたのか、となるが、放っておけなくなったのは社内に不可思議な破壊跡が見つかり、獣に噛まれたような怪我を負った社員が出たからだった。

さすがにこのままでは社員の士気に関わると、放置できなくなった経営者がある伝手をたどり、伊達スタッフサービスに依頼をかけてきたのだという。

（どちらもモンスターが現れた時間は深夜だったかな……。あ、それと目撃者は同じ課に属しているって聞いたんだった。たしか、奥から二つ目の島にいる人……私たちの隣の島だね）

社内は五つの課にわかれており、それぞれに受け持っている仕事は違うらしい。一課、二課は主にコンシューマー向けのゲーム、三課、四課は携帯ゲーム機向けで、五課はこの『こーど・ふぁーすと』の社長が新規事業開発のために新設した課で、映画やテレビのCG映像を担当すると聞いた。

このような事情から、一課、二課と三課、四課はそれぞれにまとまって互いにフォローするようになっているようだ。

（よし、まずは二課の人たちを中心に情報収集しよ！　話しかけづらいけど燈二さんは、通常の仕事のほかに私の仕事まで引き受けてくれてるんだから、私も役に立たないと）

麻衣は大きく深呼吸すると再び、オフィス内に入る。

二課の島に近づき、忙しそうにタイプしているプログラマーたちを見て、麻衣がどうにも話しかけづらいと思ったその時、頭の中に海姫の姿が浮かんだ。

「あ、あの！　皆さん、コーヒーとか飲み物が欲しい方はいらっしゃいますか？　私、皆さんの分も入れてきますけど」

麻衣がそう言うと、一課、二課の社員たちが顔を上げて次々に手を上げた。

「あ、すみません。コーヒーをください！」

「俺も！　砂糖、ミルクなしで！」

「僕はできれば緑茶を！」

ほぼ全員が飲み物を要望してきたので、麻衣はメモを取って「待っててくださいね！」と言って給湯室に向かった。

（やった！　えらい、私！　これで話しかけるきっかけができた）

麻衣はみんなの飲み物を準備すると、給湯室の棚から出したトレイに載せて戻ってくる。

そして、ひとりずつ席に近づき、名前と顔を確認しながら飲み物を渡した。

するとこれが思った以上に好印象を与えたようだった。毎日忙しく、それぞれ自分の仕事で手一杯のプログラマーたちである。仕事以外で周囲に気を配ることは、あまりなかったらしい。また、社内のプログラマーには女性がいなかったことも大きかった。

「はい、どうぞ」

「おお、川伊地さん、ありがとう！　気が利くねぇ」

「あ、いえ、これぐらいなんでもないですよ」

「うちは忙しくて女性がいないから、川伊地さんがいると華やいだ感じになるなぁ」

「えぇー!? 言いすぎですよ」

感謝され、麻衣も悪い気分はしない。こんな扱いは久しぶりだなぁ、などと感動しそうになり、思わず本来の目的を忘れそうになる。

（あ！ 喜んでいる場合じゃなかった！）

「あの、ここの席の方はお休みなんですか？」

「うん？ ああ……えっと、高橋君はちょっと怪我をしてね」

一瞬だがその場の空気が重くなったのを、麻衣は感じた。

「そうなんですか……心配ですね」

実は麻衣はそのことを知っている。わざと知らないふりをして聞いているのだ。親切さと優しさという皮をかぶり、なにも知らないふりをして一気に核心に迫ろうという作戦だ。

このやり口も、海姫からヒントを得たものであったりする。

海姫ほど自然ではないが、麻衣なりに努力してコミュニケーションを試みた。すると、皆と話しやすくなった空気を感じたので、麻衣は続けて聞いてみる。

「あ、そういえば二課のリーダーの方はどちらに？」

「いや、松井リーダーも……ちょっとね。お休みなんだよ」

「そうなんですか。あ、それで今日は二課の皆さん忙しそうなんですね。お茶ぐらいなんでもないですから、いつでも言ってくださいね。ほかにコピーでも、郵便物を取ってくるのでもいいですよ」

「いや、それはさすがに悪いよ。川伊地さんも自分の仕事があるでしょ？」

「いえいえ、私も気分転換になるので」

と麻衣は屈託のない笑顔で言うと、数人がほっこりとした表情を見せる。

これも海姫に学んだスキルである。

実際、麻衣は通常業務ではまったくの戦力外だ。むしろ、自分でもできることをさせてもらった方がありがたい。その方が情報を得るチャンスも増える。

その時……麻衣の背後を燈二が通りすぎ、麻衣にだけ聞こえるように小声で囁いて、オフィスの外へ出て行った。

燈二はトイレに行くふりをしたようだ。燈二に言われたとおり、麻衣は皆に言う。

「あ、実は！　私の今週の分は終わったんです。今からは期限が来週以降のものをするだけですので、雑用でもどんどんやりますから言ってくださいね！」

そう麻衣が言うと、全員が驚いたような顔をした。

「え!?　本当に!?　もう終わったの？」

「マジで!?　ちょっと、大堀リーダー、確認してみた？」

大堀は驚いて立ち上がり、麻衣の席で進捗を確認する。その姿をちょっとドキドキしながら見守る麻衣。というのも麻衣はその仕事にはまったくのノータッチ。すべて燈二がやったものだ。ついさっき、燈二が背後を通ったときに完了したと伝えられたのである。

「あ、あの、大堀リーダー、もし修正が必要なところとかあったら……」

さすがにちょっと不安になってきた麻衣が声を上げると、それを上回る声量で大堀が口を開いた。

「うわ！　本当だ！　期限切迫のやつが全部、完了してるよ！　川伊地さん、すごいじゃないか！　しかも、プログラミングも完璧！　ここの難しいところもうまく組んでる！」

「え!?　どこどこ？　俺にも見せて」

「あ、僕も見たい！」

「うわ、本当だ！　この量を午前中だけで終わらせたのかよ！　マジか、天才じゃね？」

自分の席に人だかりができてしまい、麻衣は焦る。

だがここで、さっき燈二に指示されたことをしなければならない。それは依頼のきっかけになった怪我人たちの仕事を引き継がせてくれるように提案することだった。おそらく燈二は、その辺も調査した方がいいと考えたのだろう。

「あ、ありがとうございます。あ、そうだ！　大堀リーダーのＯＫが出たので、私は高橋さんと松井リーダーの分を手伝いますよ」

だが、このように麻衣が言った途端、

「「「え？」」」

と、全員が固まった。

「いやいやいや、川伊地さんがそこまでする必要ないから！」

「そうそう！　これはちょっと、いろいろとあってね。まだ川伊地さんには早いから。あ、いや川伊地さんじゃやできないと言っているわけじゃないよ」

　この皆の明らかにおかしい反応に、麻衣はなにかが裏にあると思った。

　麻衣たちの受けている真の仕事に関わることだ。ここは切り込んでいく必要がある。

　もちろん、伊達スタッフサービスが受けた仕事を早く片づけるためだ。しかし、一方でこの皆の反応は麻衣を守ろうとしているからと受け取れなくもない。だから麻衣は、皆、いい人だな、思った。

　そうであればなおさら、この異常な現象を早く解決してあげたい。

「でも、皆さん、納期とか大丈夫なんですか？　二課の皆さん、五人中ふたりもお休みですし……」

　すると、痛いところを突かれた、というように皆、顔を見合わせる。プログラマーにとって『納期』という言葉はイコール『超ストレス』なのだ。

「それでは僕がやりましょうか。僕も今週分は終わったので」

　すると、いつの間にか戻ってきた燈二が、麻衣の背後から提案してきた。

「ええー！　君も!?」

「本当かよ」

「はい。僕たちは今日初めてなので、元々、皆さんが抱えている仕事より難易度の低いものを、少なめに任されたのだと思います」

皆が大堀に一斉に顔を向けると、大堀はブンブンと顔を振っている。そんなことはしていない、とアピールしているようだった。

皆、互いに顔を見合わせると、小声で話し合う。

「お、おい、どうする？　手伝うって……高橋君の扱ってたアレだろ？」

「ああ、しかも、そのあとを引き継いだ松井リーダーも今、入院中だしなぁ。先方には少し待ってほしいとは伝えてはいるけど、ちょっと、気味が悪いんだよな、あのゲーム」

「いくらなんでも、考えすぎじゃない？　ゲームでプログラマーが正気を失って怪我するなんて……たまたまでしょ？」

「じゃあ、お前があとを引き継げよ」

「⁉　い、いや俺は今、抱えているやつで精一杯で……」

全員が同時に顔を上げて麻衣と燈二をジーッと見つめる。

麻衣はその皆の様子になにを話しているのか、と首を傾げる。

するとまた全員が頭を寄せる。

「ま、まあ、真田寺君はいいんじゃないかな？　男だし。川伊地さんはいい子だから、なんかあったら可哀想だ。真田寺君はカッコいいから、ちょっとぐらい怪我してもいいんじゃない？　実際、納期を待ってもらっている状態が続くのはまずいしね」

「そうだな、誰もあのゲームの進捗状況はわかってないんだろう？　さすがにそれじゃあな。リーダー不在をいいことに放置……じゃなくて、上の指示を待つべきだと思ってたが、これ以上、クライアントを待たせるのは良くない。まあ、真田寺君、優秀そうだしいいんじゃないかな？　眼鏡でイケメンなのが腹立つし」

「そうだな！　モテそうだしな」

「おい、お前ら、妙な嫉妬や妬みが漏れ出てるんだが……」

しばらく続く、この妙な会議を見ながら麻衣は燈二の様子を窺うが、燈二は気にもとめていないようで、すました顔で眼鏡の位置を直した。

「よし！　わかった！　真田寺君、申し訳ないけど君に頼むよ！　うん。君はうちのエースになるかもしれない逸材だ。期待してるぞ！」

再び、顔を上げた課員たちは大きく頷き、そう燈二に頼んだ。

しかも、何故か皆、笑顔だ。清々しさすら感じる笑顔なのだが、麻衣は若干、わざとらしさを感じた。

(なんだろう？　笑顔の裏に黒い感情が見え隠れするような……気のせいかな？)

「わかりました。それでは早速、指示書を確認して進捗状況を見ながら引き継がせてもらいます」

燈二は何事もないようにそう答えると、高橋のパソコンを立ち上げてＵＳＢにデータをコピーし、自分の席に戻っていった。

「川伊地さん、ちょっといいかな」

「あ、はい」

席についた燈二が麻衣を呼んだ。燈二がモニタ画面を指さすので麻衣は体を屈めてモニタに顔を近づけるが、特に変わったところはない。すると燈二は麻衣に小声で指示を出す。

「川伊地、そのまま前を見てろ」

麻衣は燈二が周りに不自然がられずに会話をしようとしていることに気づき、頷く。

「よくやった川伊地。とりえず僕はこのデータを調べてみる」

「いえ、真田寺さんの言われたとおりにしただけですから。でも……このデータになにかあるんですか？　だって、ゲームですよ」

「そうだな、だが、原因がどうにもわからない。もし、この場所になにか原因があったり、原因になる人物がいればなにかしらの力を感じるものだが、オフィスに入っても、周囲の人間を観察してもなにも感じない。川伊地はどうだ？」

「いえ……なにも」

「ふむ、そうか。そうなると一筋縄ではいかない案件かもしれない。もしかするとなにか法則や周期が関係する……」

「い、いや、待ってください、真田寺さん。私は素人ですから、私がなにも感じないのは別に……」

麻衣が困ったように言うと、その言葉を遮るように燈二は言う。

「謙遜するな。時間の無駄だ。お前の話は颯太からも聞いている。うちでは颯太が一番、怪異現象の手がかりを探すのが得意だ。その颯太がお前をべた褒めしていたんだ。それにあのマンション建設現場で僕も見ていたが、たしかに川伊地はこの世のものでないものを感じ取る感性と、それを見るいい目を持っていると思った。謙遜は悪いことではないが、度が過ぎれば己を知らぬ愚か者と言われるぞ」

「は、はい……」

（そんなことを言われましても……。それにこれ、怒られているのか、褒められているのか、全然、わからないんですけど。真田寺さんの言い方きついし）

「とにかく今のままだと取っ掛かりがない。調べられるものはすべて調べる。それにあの様子だと被害に遭った高橋というプログラマーと松井リーダーの共通点は、このゲームのプログラミングのようにも見えた。これを調べればなにかわかるかもしれない」

「はい。でも、もしかしたら、そもそもなにもなくて、被害者も精神的に弱って幻覚を見ていた可能性とかもあるんじゃ……。ここは忙しそうですし」

燈二は麻衣の顔をジロリと睨む。それに気づいた麻衣はしまった、と思い、怒られると覚悟して、おどおどしながら燈二と目を合わせた。

間近で見る燈二の色白で目鼻立ちの整った顔は、秀麗であると同時に鋭さもあり、まるで切れ味の鋭い日本刀を見ているような感覚になりドキッとしてしまう。

「そうかもしれない……川伊地。いや、その可能性も否定はできない」

「……え？」

怒られると思った麻衣は、燈二のその返答を意外に感じた。

「だが、本当にオカルト現象だったらどうだ？　被害に遭った人間たちは怪我をしているのにもかかわらず、真実を伝えても信じてもらえず、周りからは頭がおかしくなったという誹《そし》りまで受けてしまう。間違いならいいが、それがわかるまでは信じてやらなくてはかわいそうだろう。ましてや、僕たちのような能力を持つ人間が信じてやらなくてどうする？」

「あ……」

麻衣はその言葉にハッとさせられた。

まさにそれは、自分の体験でもあった。人に言っても伝わらない苦しさは、常日頃から自分にまとわりつき、この霊感の強さを恨んだりもした。そんな自分が、他人が見たというオカルト現象を、勘違いや妄想と決めつけることは、絶対にしてはならない。それは自分の苦しみを他人にも背負わせることだから。

「そうでした……真田寺さんの言うとおりです。すみません、馬鹿なことを言って……。私も最後までオカルト現象があったと信じて動きます！　真田寺さん、指示をください！」

燈二は厳しい表情を緩め、フッと一瞬だけ笑みを見せたがすぐに引っ込めていつもの冷静で淡々とした声色で言う。

「川伊地はさっきの調子で情報収集に力を入れてくれ。それでなにかわかったら随時、僕に連絡するように。まだ推測だが、これはなにか偶発的な現象かもしれない。ただ、それが二回も起きてふたりの人間が被害に遭っている。ということはなにか法則があって、ふたりが同じ行動を取った結果である可能性がある。だから川伊地はふたりの怪我をしたときの状況を、なるべく詳細に引き出せるように誘導するんだ」

「わかりました！　頑張ります！」

麻衣はやる気が出てくるが、同時に燈二に申し訳ない気持ちにもなる。

「でも……なんかすみません、真田寺さん」

「なにがだ」

「だって……私、真田寺さんにばかり負担をかけてしまって……通常の仕事もほとんど真田寺さんに受け持ってもらってますし、それ以外も全部、真田寺さんが考えてくれて……」

「なにを言っている。それは僕が川伊地よりも、あらゆる面で圧倒的に優秀だから当然だろう」

（……え？）

「川伊地にできないことを指示してどうする。それは時間の無駄だ。それに川伊地のできないことの九割九分は僕ができる。川伊地ができることの九割九分も僕の方がうまくできる。だから、それ以外のことをお前に頼む、それだけのことだ。当たり前の役割分担だろう。わかったら、すぐに仕事にかかれ」

「あはは……はい」

（この人、そもそも謙遜するということがないのね……。まさにドSだわ）

麻衣は顔を引き攣らせつつも、燈二の指示に従うことにした。


その後、麻衣は積極的に他の同僚に話しかけ、雑用も自らすすんで引き受ける。休憩も昼食も、それぞれが自分のタイミングでとるプログラマーたちの習性がわかってきて、自分の席に戻っても周囲に目を配り全員のフォローをした。実際、麻衣の仕事は燈二が終らせてくれているので、この海姫から学んだ『気配り』に集中することができた。

すると、夕方ぐらいには、ほぼ全員と馴染み、雑談を交わせるようになった。

「いやぁ、麻衣ちゃんが来てくれてよかった。いつもより仕事がはかどるよ」

「うんうん、でもあんまり気を遣わなくていいよ、麻衣ちゃん、気が休まらないでしょう？」

「いえいえ、たいしたことはなにもしてないので大丈夫ですよ」

（実際、なにもしていないに等しいですから……あはは）

いつの間にか呼び方も麻衣ちゃんに変わり、和やかな会話が続く。いろいろと聞いていくと年末や決算期、大型連休のある時は、その前に納期が設定されるとかで繁忙期になり、こんな余裕はまったくなくなるのだそうだ。会社に寝泊まりすることも多いらしい。

夜八時をまわり、仕事のきりがついた人間たちから帰宅の準備をしはじめる。

「あ、麻衣ちゃんも帰れるときに帰ったほうがいいよ。知っていると思うけど、オンラインゲームで障害があったら、夜中だろうが早朝だろうが関係なく召集されるからね」

「あ、はい。ありがとうございます。大堀リーダー」

(あ、どうしよう、みんな帰っちゃう。焦ってはいけないとは思うけど……ちょっと直球で聞いてみようかな)

「あ、あの……大堀リーダー」

「うん？　なんだい？」

「二課の高橋さんと松井リーダーってどうかされたんですか？　ふたりとも怪我をして休んでると聞いたのですが」

「え!?　誰から……って、まあ、そりゃすぐに耳に入るか……。うーん、そうだなぁ、別に内緒にしているわけではないし、変に気になって怖がられても困るか。麻衣ちゃん、女性だしね……ちょっと来て」

　大堀は麻衣に手招きをして給湯室に来るように促し、そこでいろいろと説明してくれた。

「みんな表向きはそのことに触れないようにしてるから、その辺は空気を読んでね。あ、麻衣ちゃんにその心配はないかな。実はね……」

　大堀から聞いたのは燈二から聞いた内容とほぼ同じで目新しい情報はなかったが、麻衣は初めて聞いたように驚いて見せる。

「うーん、かなり忙しかったし、まあ、僕らも繁忙期になると正直、滅入ることもあるからなぁ。ただ、ふたりともそんなにメンタルが弱いようには見えなかったけど、こればかりはわからないからね。また、彼らが受けた仕事がダークファンタジーでね、それでふたりが見たっていう化け物は、そのゲーム中に出てくるモンスターでもあったんだよ」

「え、ゲーム内のですか？」

「ああ、化け物の特徴がそうとしか思えないものだった。それで仕事のやりすぎだろうくらいにしかみんな思ってないんだけど……。やっぱりふたりとも怪我をしてるし、しかも化け物に襲われたって同じことを言うもんだから、みんな気味悪がってあのゲームの仕事の引き継ぎを嫌がっちゃってなぁ。正直、上顧客のクライアントからの仕事だし困ってたんだよ。だから、なにも知らない真田寺君が手伝うって言ってくれたのは、ぶっちゃけありがたくてね。みんな飛びついたんだと思う」

「そうだったんですね……」

「あ、でも心配しなくていいよ、麻衣ちゃん。たぶんこちらの気にしすぎでなにもないと思うから。みんなゲーム脳だからねぇ、どこか信じちゃってるのかもな。いやでも、ありがたかったよ。あのままだったら、立場的に俺に回ってくる可能性もあったから」

「あはは……」

　そう言うと、大堀も帰宅していった。

「お疲れ様ですー」

「あ、お疲れ様です！」

「麻衣ちゃんも真田寺君も早く帰りなよ」

「わかりました、ありがとうございます！」

麻衣が元気に帰宅する同僚を自分の席で見送ると、もう夜十時を回っていた。一課と二課のプログラマーたちは麻衣と燈二を除いて全員帰り、フロア全体でも数人しか人は残っておらず、彼らも帰る準備をしていた。

皆、帰れるときはとにかく帰るということを、実践しているようだ。

麻衣も、もちろん帰りたいという気持ちはあるが、受けている仕事の性質上、誰もいなくなったあとの方が動きやすい。

麻衣は周囲に人がいないことを確認して、いまだに表情を変えずにデータ入力をしている燈二のもとに行った。

「真田寺さん、さっき大堀リーダーから聞いた話なんですが……」

正直、まだ今回のオカルト現象の核心に迫るような情報ではないと思うが、麻衣は大堀から聞いた話を燈二にそのまま伝える。

「……ふむ」

燈二は座ったまま、パソコンから顔を動かさずに返事をすると、椅子を回し麻衣の方に向き直って頷いた。

「よくやった、川伊地。原因はこれでだいたい、わかった」

「え!?　本当ですか、真田寺さん!?」

「ああ、最後の疑問が解けた」

「あの……原因っていうのは？」

「……これだ」

燈二がパソコン画面を切り替えてクリックすると、そこにゲームの一場面が映し出される。それは円状の幾何学的な紋様でデザインされた、サークルのようなものだった。

「なんですか？　これ」

「これは魔方陣だ。高橋というプログラマーと松井リーダーが受け持ったゲームの一場面だ。この魔方陣で魔物や悪魔、または神霊を召喚して仲間にし、一緒に敵と戦うという……まあ、ゲームやファンタジーではよくある設定なんだが、これが問題でな」

「はあ……それのなにが問題なんですか？」

あまりゲームに関心のない麻衣に、燈二の説明はピンとこない。

燈二は眼鏡の位置を直し、嘆息する。

「この魔方陣が本物……つまり、実際に人ならざるものを召喚する力があるという点だ」

「えぇぇぇぇ!?」

麻衣はフロア中に響き渡る大声を上げてしまい、ほかに自分の叫び声を聞いている人がいなかったことに安堵した。

燈二が言うには、原因はやはり高橋と松井が関わったゲームに間違いないらしい。

『神魔召喚バトル』という名のシリーズものの人気作で、プレイヤーは悪魔や魔物、もしくは神霊などを仲間として召喚することができる。そして、その仲間と協力してストーリーを進めたり、オンラインでほかのプレイヤーとのフリーバトルも可能だ。

　ところが、ゲームの特徴である魔物などを召喚する際のアニメーションに採用されている魔方陣が、偶然か、もしくはバグかはわからないが、悪霊や魔獣を実際に召喚可能なものになっていたのだ。

「このゲームの製作者が凝り症なのか、単に遊び心だったのかはわからないが、この魔方陣の周囲にはエノク文字が使われ、魔方陣もロガエスの書に出てくるものを真似て作られている。僕は専門外だからすべてはわからない。ただざっと見るかぎり、この魔方陣は条件が整えば、異界との交信が可能になっているようだ」

　燈二が丁寧に説明をしてくれるが、麻衣は顔を半笑いのまま硬直させている。

（ちょっと、なにを言ってるのかわからないんですけど……）

　燈二は呆気にとられている麻衣に気づき、軽く息を吐き、眼鏡の位置を直した。

「簡単に言えば、この魔方陣は天使や悪魔などといった人間ではないものと交信ができ、場合によってはこちら側に呼べる〝簡易召喚プログラム〟になっていたということだ」

「な、なるほど」

（うん、なにを言っているかはまだわからないけど、なにが起きるかはなんとなくわかった。それで、高橋さんと松井リーダーがこの魔方陣で偶然、化け物を呼んで……）

しかし麻衣はひとつ気になることがある。

「真田寺さん。その条件というのはなんですか？」

「ふむ、いくつか考えられるが、まず、ただの一般人がこれを見たところではなんの問題もない。おそらくは僕や川伊地のような元々、人ならざるものを感知できる能力を持つ者、つまり霊感が強い人が魔方陣を使うこと。そして、こちらに召喚する……呼び込むものの姿かたちを強く意識することも必須条件だ。そもそも今回呼び込んだと思われる悪魔か魔物などは、本来その姿を固定していない。つまりその姿は、召喚した人間がイメージしたものになる」

「え？　じゃあ、この事件に巻き込まれたふたりは……」

「ああ、本人たちが気づいているか気づいていないかはわからないが、霊感が強い、もしくは霊媒体質だったのは間違いないだろう。それにゲームのプログラミングを担当しているふたりならば、ゲーム内の化け物を強くイメージできるのも当然だ。それで僕はこの魔方陣で低級魔か悪霊の類を召喚したのだと断定できた。川伊地、よくやってくれたな、まさか、たった一日で原因究明ができるとは思っていなかった。これは川伊地のおかげだ」

「た、たいしたことなんかしてませんよ！　ほぼすべて真田寺さんが解決してくれたようなものじゃないですか」

するると、燈二は片眉を上げて、なにを言っているのか、というような表情を見せる。

「川伊地が同僚たちにうまく入り込み、いろいろと聞き出してくれたからだ。そうでなければここまで早く原因をつき止められなかった。今日、一日という短時間でここの社員たちを懐柔するのは僕では無理だ。そんなことができるのは安里か、お前ぐらいだろう」

「か、懐柔って……あはは」

（でも、たしかに真田寺さんが周囲の人とにこやかに話す絵が浮かばないかも。褒められていると思うんだけど……真田寺さんに言われると叱られているように聞こえてしまう）

麻衣は乾いた笑いを漏らしたが、燈二の言うことを素直に受け入れることにした。

「では、ちょっと試してみるか。川伊地、ちょっと離れていろ」

「え……えぇぇぇ!!　試すって……なんでそんなことをする必要があるんですか!?」

「さっきの考察でほぼ間違いないと思うが、まだ仮説にすぎない。だから確認の必要がある。もし、これが間違っていたらほかに原因があったことになる。それで解決したつもりで僕たちが帰って、その後に似たような事件や事故が起きてみろ、うちの会社の信用が失墜するだけじゃなく、また誰かが被害に遭うことになる」

「そそそ、そうかもしれないですけど……」

燈二の言うことは正論だとは思うが、なにも今すぐ、ここで試すことはないのではないかと麻衣は慌てる。ふたりの男性が入院するほどの重傷を負っているのだから、正直怖い。

「川伊地、もっと離れていろ。よし、まずは……低級魔から」

麻衣の不安や心配などどこ吹く風で、燈二は淡々とした様子で画面に映し出されている魔方陣を睨みつける。すると……燈二の体が光に包まれたようになり、また髪の毛が風など吹いていないのに薙《な》いだように見えた。麻衣は燈二からなるべく離れ、オフィスの端の方に下がり壁に背中を当てる。

緊張が高まり、しばらく麻衣はそのまま固まっているが……なにも起きない。

（あ、あれ？　なにも起きない……ひょっとして間違いだった？）

そう考えると麻衣はホッとするような、それでいて困ったような複雑な気持ちになる。

その時……突然、オフィス内の照明がパチパチと点滅して、まるで配線が切れかかったように不安定になった。

「ひえ……!?　ああ！　真田寺さん、上です！」

麻衣の声に燈二が天井を見上げる。

すると、そこにあるはずもない雨雲のような暗い靄《もや》が現れ、燈二の頭上を覆いはじめた。

そして徐々にその靄の中から〝なにか〟が姿を現す。

燈二は咄嗟にその場から麻衣の方に跳び退いた。

麻衣は震えが止まらない。それは今まで感じたことのないほどの恐怖であり、霊感の強い麻衣がこれまで見てきたものの中でも、別格に恐ろしいものと言えた。

「呼べたか……仮説は立証された。川伊地、大丈夫か？」

「あ……ああ、あれはなんなんですか……？　わ、私、怖くて体が……」

その靄から出てきたのはフードのついたダークグレーのボロキレを身に纏い、両手には大きなデスサイスを握った化け物だった。下半身がなく宙に浮遊している。

「ふむ、レイスだ、あれは人の恐怖心を掻き立て、その恐怖を喰らう悪霊だ。だから川伊地が怖がるのは当然だな。心配ない、正常な反応だ」

「心配しますよ！　んなもん、呼ばないでください！　ほかに方法はなかったんですか！」

「まったく……うるさい奴だな、待っていろ」

燈二は嘆息しながら眼鏡を直し、レイスに向かって近づいていく。レイスは燈二に気がつくと狂喜し、おぞましい顔をフードから覗かせて大鎌を振りかぶった。

「真田寺さん！」

麻衣が叫ぶと同時にレイスが燈二に襲い掛かる。すると燈二は少しも慌てることなく、口の前に片手で印を結んだ。

「臨兵闘者皆陣烈在前《りんぴょうとうしゃかいじんれつざいぜん》！」

「……イィ!!」

燈二がレイスの鎌より一瞬早く九字を唱えると、レイスの体が後ろに弾かれ、苦し気に悶える。さらに燈二が目にも留まらぬ動きで右手を横に縦に動かすと、そのひとつの動作のたびにレイスが切り裂かれていった。

「アア……!?!?」

縦横に切り裂かれたレイスは聞くにたえない断末魔の声を上げると、そのまま塵《ちり》のように霧散し消えた。

　すると、照明は正常に戻りオフィス内は先ほどまでの落ち着きを取り戻した。

　燈二は「ふむ……」と何事もなかったように振り返り、壁際で座り込んでいる麻衣のところにやってきた。

「これで……この魔方陣が原因とわかったな……うん？　どうした、川伊地」

「こ、腰が抜けて……」

　恐怖のあまり腰を抜かした麻衣を見下ろし、燈二は眼鏡を直す。

「川伊地も、もう少し慣れた方がいい。これぐらいの低級魔ぐらいで腰を抜かしていてはこの先、きついぞ」

「そ、そんなこと言われましても……」

(それにこんなことには慣れたくないです。普通の仕事がしたいです)

「ほら、立てるか？」

「は、はい」

　燈二は床にぺたんと座り込んでいる麻衣に手を差し伸べた。麻衣はなんとか立ち上がり、大きく深呼吸するように胸に手を当てて自分を落ち着かせる。

　すると、燈二が珍しく考え込むように顎に手を当てた。

「どうしたんですか？　真田寺さん」

「そういえば、被害者が呼んでしまった魔獣を呼ぶべきだったな、と思ってな。キャラデザインを見ながら、もう一回、やってみるか……」

「絶対に嫌です!!」

麻衣は今日初めて、燈二の言うことを全面的に拒否した。


その後、麻衣も落ち着き、燈二にこの魔方陣による召喚条件について、そのほかの推測を聞いていくと、この魔方陣は結構どころか、かなり危険なものだということがわかった。

というのは、このゲームのユーザーに霊感や霊力がなくとも、特定の時間、もしくは霊気の強い場所で魔方陣を映し、さらにそのユーザーに強い召喚イメージさえあれば、さっき燈二が呼んだ低級魔レベル程度の化け物ならば、召喚される可能性があったという。

麻衣はそれを知って再び恐怖に震えた。

「そ、それって……結構、おっかなくありませんか？　だって……」

「ああ、これは重大な事件に繋がるものかもしれなかった。このゲームが市販されれば不特定多数のユーザーに届く。しかもこのゲームは人気作品だから、ユーザーは結構な人数になるはずだ。その中には霊感が強い人間も必ずいるだろう。しかもヘビーユーザーなら、ゲーム内の魔物の姿かたちなどは鮮明にイメージできる」

麻衣も事の重大さが理解でき、静かに頷いた。さっき燈二が呼んだ化け物を実際見たことで、よりリアルに想像がつくからだ。

「そんな条件をクリアするだけで化け物を呼んじゃうなんて……。じゃあ、これから私たちはどうすればいいですか？　真田寺さん」

「まあ、原因が特定できたから、あとの対処としては簡単だ。このプログラムを僕が修正して、魔方陣のデザインを無害なものに変えればいい。大幅に変えればクライアントから文句が来るかもしれないが、そこはバレないようにちょっとだけ変えるようにする」

「ああ、そうか！　さすが真田寺さん！」

　安堵する麻衣に燈二は当然という表情で嘆息して言った。

「もう今日は遅い、川伊地はもう帰っていいぞ。プログラムの修正は僕がやっておく。そんなに難しいものではないし、あとは高橋さんと松井リーダーのパソコンの中にある、このゲームの元データを消去するだけだしな」

「……え？　でも」

「川伊地も一応女性なんだから、早く帰った方がいい。もう遅いぞ、終電は大丈夫か？」

（一応……って。本当に真田寺さんって優しいんだか、性格が悪いんだかわからない……。でも、私、たいして役に立っていないし、なんだかんだで全部、真田寺さんがやってくれているのはやっぱり……）

「いえ、私も手伝います！　プログラミングはできませんけど、データの消去ぐらいならできると思いますし。最後までやらせてください。一緒にやれば早く終わりますよ」

　この麻衣の言葉に燈二はちょっと驚くように目を見開き、麻衣をしばらく見つめるとフッと笑みを見せる。

「そうか……わかった。では、そっちは川伊地に任せる」

「はい！　頑張ります」

麻衣はそう言うと早速、燈二に背を向け松井リーダーの席に向かう。

燈二はその麻衣の背を見つめ、普段は決して見せない穏やかな笑みを浮かべた。

「無理矢理うちに契約させられて……さっきまであんなに怖がっていたのに、生真面目なやつだな……」

「え？　なにか言いました？」

「なんでもない、早くしろ。わからないことがあったら聞け」

「あ、はい」

麻衣が振り返るその先には、いつもの無表情な真田寺燈二がいるだけであった。

この日、ふたりはこれらの作業を終え、翌日に燈二は依頼完了の報告を依頼主の『こーど・ふぁーすと』のオーナーと冷歌にした。

その後はいつもどおり怪しまれぬように通常業務をひと月ほどこなし、麻衣と燈二は任務を完了した。

もちろん、この間は麻衣の仕事の九割以上は燈二が請け負い、麻衣は皆の雑用を積極的に引き受ける日々を過ごしたのだが、最後の出社日には麻衣だけが、皆から大袈裟すぎると思うほど惜しまれた。

通常業務において『こーど・ふぁーすと』への貢献度の高さは比べるまでもなく燈二のほうだったが、燈二に契約を継続してほしいと懇願したのは上司だけであった。

この時、なんとなく世の不条理を感じ取り、心苦しさがＭＡＸになった麻衣であった。

第四章　私、辞めます

「はあ〜、ひと眠りのつもりがこんな時間になっちゃった。でもなんか疲れが取れない」

麻衣はその日の夜、九時を回ってから自宅の最寄り駅の近くにあるスーパーで夕食のための総菜を買い、駅前の通り沿いを歩く。足取りは重く、背中が丸くなっている。

「思ったよりだいぶ多く給料が入ったのはいいけど……もう限界だよ……特に心の疲れが。これからも毎回、怖い思いをさせられるんだろうし」

本気で伊達スタッフサービスを辞めたいと思う。

給料は想像以上にいいが、内容に難ありだ。まず前提としてオカルト現象は必ず解決しなければならない。それは麻衣にも理解できるが、それを仕事としてやってもいい、というのはイコールではない。

「私……なんでこんな仕事してるんだろう……。いまだにやりたい仕事を見つけられていないというのが問題なんだよね……うん？　あれは、伊達さん!?」

麻衣は自分が今歩いている駅前通りから左に抜ける道に、偶然炊亭の姿を発見して目を見開く。遠目ではあるが間違いない。炊亭はふたりの若い女性とそれは楽し気に会話し、にやけ切った顔をしているのがわかる。

（うわ!?　こっちに来る）

思わず麻衣は電信柱の陰に身を隠し、炊亭のいる方向を覗き込んだ。

(なにをしてるんだろう……って、決まってるよね)

炊亭を見つけた狭い通り沿いは、居酒屋が並んでいる区画である。間違いなく炊亭はここで飲んでいたのだろう。

「えー、それって本当ですかぁ？」

「本当だよぉ、俺はこう見えて優秀な経営者だからね、部下たちはみんな俺のことを尊敬しきっているんだよ、うんうん、それだけは間違いないね」

炊亭と女性たちの話し声がだんだん近くなってくる。

(こ、この男……社長アピールしてナンパしてたのね。人にあんなに怖い思いをさせておきながら……)

麻衣の目が鋭くなり、怒りのために生気が戻ってくる。

「えー、でも伊達さん、カッコいいけど適当そうだしー、すぐに会社潰しそう」

「それはとんでもない誤解だよ！　俺ほど真面目で誠実な社長はいないよ。登録スタッフの人たちも俺に感謝感激称賛の嵐で、毎日が照れ隠しで忙しいくらいなんだからさあ！」

(今度……このアホに硝酸の嵐をくらわせてやりたい！)

麻衣は脳内で、自分の登録した派遣会社の社長をアホ呼ばわりする。怒りで体が打ち震えるとはこういうことを言うんだと思った。

「ねーねー、もう一軒行こうよ」

「えー、伊達さん、仕事で忙しいって言ってたじゃないですかー、これから私たちも用事があるので今日は帰ります。ごちそうさまでしたー」

「ごちそうさまでしたー、若きCEO！　じゃあ、また」

「えー、もう帰っちゃうの？　それじゃせめて連絡先だけでも！」

若きCEOとやらは、どうやらふたりの女性に奢らされるだけ奢らされて、最後はうまくあしらわれたようだった。彼女たちは麻衣の隠れる電信柱の横を通りすぎていく。

「顔は好みだったんだけどなぁ、中身がねぇ。がっつきすぎ」

「下心丸見えなのは仕方ないとしてぇ、私たちのどちらでもいいっていう態度がねぇ」

麻衣はそっと炊亭の方の様子を窺うと思わず脱力してしまう。彼はまだ未練がましくそのふたりの女性の後ろ姿を、涙目で見つめていたのだ。

（うわぁ……飲み屋街でよく見る寂しい人だ。空気が読めずに暴走して、相手が楽しんでいるに違いないと勘違いし、最終的になにも得られないというイタイ男そのもの）

しばらく炊亭は呆然としていて、帰るかと思いきやまた飲み屋街の方に足を向ける。

（あ、あれ？　まだ飲みに行くの？　ま、まあ、まだ時間も遅くはないとは思うけど……）

麻衣は一瞬迷ったが、炊亭を追いかけることにした。

（あ……そっちはたしか……）

炊亭が曲がった十字路に着くと、麻衣はやっぱり……と嘆息する。そこは小さな歓楽街で、数軒のガールズバーやキャバクラが立ち並んでいる区画だった。

炊亨はこのあたりの常連なのか、いろいろな人に親し気に話しかけられている。

「まったく、この人は……。もう帰ろう……あれ？　あれは誰だろう？　男性だ……」

ふと見ると、炊亨は意外なことに知り合いらしき男性と話している。

その男性は二十代後半ぐらいのいかにも真面目そうな容貌で、炊亨の話に困ったような顔をしている。とてもその場にはそぐわない雰囲気を纏っているためか、炊亨といることに違和感しかない。

やがて、炊亨は嫌がる男性を無理矢理引っ張ってキャバクラに入っていってしまった。

「誰なんだろう？　友達には見えなかったけど……仕事関係？　でもさっき、女の子たちを二軒目に誘ってたし……待ち合わせではないよね」

麻衣は道の端で立ち止まり、その場で考え込む。それにしても、と思うのだ。

(伊達さんって……どの角度から見てもクズそのものだよね)

麻衣の中で炊亨はアホからクズに昇格した。

(それなのに……よくもまあ会社を立ち上げて、しかもあんなに優秀な人たちがついてきているのが本当に不思議。みんな嫌にならないのかな)

冷歌をはじめとして、颯太、海姫、燈二とそれぞれが個性は強いが全員、優秀といって間違いない。

しかし、炊亨だけは違う……いや、違わなければならない、いや、違っていなければ困る、いやいや一緒にされたくはない。

麻衣は炊亭たちが入った店に視線を移した。気がつけば三十分ほど経っている。経営者なのだし、プライベートでなにをしようが問題ないかもしれない。会社の収益も上がっているのだから。

ただ、どうしてもこの男は、出会ってから一度も、「さすがは経営者」と思ったことがない。それは、ひどい契約書、適当な仕事説明、生活の苦しい自分の痛いところをつく卑怯な言い回し、これらがすべてそう思わせるのだ。

(あ、あれが雇い主……ですと?)

いつまでたってもキャバクラから出てこない炊亭の顔を思い浮かべると、麻衣のこめかみの血管が膨れ上がる。

「はあ……もう帰ろ」

いい加減、馬鹿馬鹿しくなってきた麻衣は、脱力感に包まれ踵を返した。

「あれぇ、どこ行くの? お姉さん。ひとり? ちょっと僕たちと飲みに行かない?」

帰ろうとした麻衣の目の前に、見知らぬふたりの男性が立っていた。そのいかにも浮わついた恰好のふたりの顔は、結構なアルコール量で上気している。

(うわ~、最悪! もう……)

「ねー、いいでしょう? お姉さん。俺たちが奢ってあげるかさぁ」

「いえ、結構です。私は帰るところなので」

「そんなこと言わないでさぁ、いい店、知ってるから付き合ってよ」

　男たちは、そもそも返事を聞く気がないのか、酒のせいなのかはわからないが、その場を去ろうとする麻衣の腕を摑んだ。

「ちょっと！　触らないでください！」

「まあまあ、すぐそこだから。行こ行こ！」

　男は麻衣の腕を放さず、もうひとりの男は麻衣の肩に手をまわしてきた。歓楽街は今まさに活気づく時間を迎えて騒がしく、誰もこの状況を気にもとめていない。

（こ、こいつら……なんなの⁉）

　ふたりの男に挟まれ、強引に連れていかれそうになり、麻衣は恐怖感でいっぱいになる。この場に長くとどまっていたことを後悔した。

（こんなことになるんだったら伊達さんなんか放っておいて、さっさと帰ればよかった！あの人に関わるとろくなことがないんだから）

　麻衣は大声を上げようと息を吸い込んだ。

　と、その時、背後から声がかかる。

「こらこら、お兄さんたち。この子は俺の連れだからさ、勘弁してくれないかな？」

「あん⁉　なんだよ、お前は……う！」

（え⁉）

　その声の主は伊達炊亨その人だった。いつの間に、あの店から出てきたのか、炊亨は苦笑いしながら、麻衣を挟むようにしている男たちの肩に手を載せている。

ふたりは炊亭を睨みつけたが、相手が結構な高身長であるとわかると一瞬、怯む。炊亭は凄む男ふたりを前にしても、どこ吹く風といった感じで麻衣の腕を取り、自然な動きで麻衣を引き寄せて自分の大きな背中の後ろに隠した。

（……伊達さん、私を助けにきて……？）

麻衣は、自分を庇《かば》った炊亭の大きな背中を至近で見上げ、安心感が湧いてきた。

「この子は、僕と待ち合わせをしててね。申し訳ないけどお兄さんたち、ここは俺に免じて諦めてくれないかな？」

「あん？　てめ……ッ！」

「……うん？　まだなにか……ある？」

にこやかに笑っている炊亭に、男たちは威嚇するような声を上げるが、言葉に詰まる。何故なら、普段の柔和な顔の炊亭からは考えられないほどの鋭い視線が、ふたりのナンパ男たちを貫いたのだ。その目は冷徹かつ無機質で、次の瞬間、なにをするかわからない危うさを秘めていた。

「お、おい……やべぇぞ、こいつ」

「い、行くぞ」

質《たち》の悪いナンパ師たちはこの炊亭の視線を受けると瞬時に顔を青ざめさせ、その場から逃げるように去っていく。麻衣は危機から逃れて、安堵の息を漏らした。

「あらら一？　おーい、捨て台詞は一？　あの有名な台詞言わないの？　って行っちゃったよ。むう、せっかくだから生で聞きたかったなぁ、あの捨て台詞のレジェンド『覚えてろ！』ってやつを」

不満顔の炊亭は、ナンパ師たちが完全に姿を消すと麻衣を振り返る。

「麻衣ちゃん、大丈夫だった？　なにもされてない？」

「は、はい」

「そうか、よかったぁ」

心配そうな顔からホッとしたような表情に変わった炊亭の笑顔に、麻衣は自分の鼓動が速くなったのがわかった。麻衣はさっきの炊亭の安心感のある大きな背中を思い出し、最近、忘れかけていた感情が蘇るのを感じた。

炊亭には嫌な印象しか持っていなかったが、だからと言って助けてもらった事実に変わりはない。ここは素直に感謝しなければと麻衣は思う。それに女性ひとりで歓楽街にやってきて炊亭のあとをつけたのは自分だ。その上、炊亭に迷惑をかけてしまった。

「あ、あの伊達さん、すみませ……」

「いやぁ～、それにしても麻衣ちゃん、こんなところでなにをしてたの？　だいぶ前からウロウロしてたよね？　電信柱に張り付いてたり」

「……え？」

（ま、まさか……ずっと気づいてた？　し、しかも最初から……？）

炊亭は残念な人を見るような顔で、それでいて仕方がないな……というように麻衣を見つめ、フッと笑う。

「ナンパされにうろついていたんだろうけど、相手は選んだほうがいいよ。まったく……麻衣ちゃんは。そんなにひとりぼっちの夜がつらいんだったら……俺に言えばいつでも喜んでお相手に……ゲフンッ!!」

麻衣の右ストレートが炊亨の腹部にめり込んだ。

「私、帰ります」

麻衣は蹲《うずくま》る炊亨——一応、社長で雇い主にゴミを見るような目でそう伝えたのだった。

＊＊＊

麻衣が炊亨の腹に怒りの拳を入れた次の日。

麻衣は事務所に赴き、冷歌に契約を解除したいと直談判をしていた。

「冷歌さん、もう耐えられません！　辞めさせてください！　いえ、絶対に辞めます！　だいたい、こんな契約はおかしいです！」

「まあまあ、落ち着いて麻衣ちゃん。でも、麻衣ちゃんの言うことはわかるわ……あの契約はちょっと、ね」

冷歌は麻衣の話を受け止めて、真剣にそして優しく相談に乗る。

「そうですよ！　それになんといっても許せないのは、伊達さんが……」

すると、事務所のドアが開いて、元気で能天気な声が響き渡る。

「おーい！　すごい大きな仕事が入ったよー！」

伊達スタッフサービスの経営者が上機嫌で姿を現した。それに続いて入ってきた男性はスーツ姿だが、その内側に筋骨隆々のはち切れんばかりの肉感があり、強烈な印象を受ける。

その人物に気づくと冷歌は笑みを浮かべて立ち上がり、挨拶をする。

「道力《どうりき》さん、お久しぶりです」

「ああ、風花か、久しぶりだな」

麻衣は、道力という名前らしい男の横で浮かれた顔の炊亨を見てイラッとするが、さすがにお客さんが来ているのでおとなしくする。

「お仕事、お仕事、嬉しいな。大きなお仕事、嬉しいな」

炊亨は鼻歌交じりにスキップでもしそうな軽い足取りで、自分のデスクから契約書を取り出し、それを道力に渡す。

「それでは、炊亨、頼んだ。うちはいろいろとあってな、今回は動けん」

「了解、左馬《さま》ちゃん。この仕事が終わったら奢ってね」

「奢ってもいいが、お前との同席は遠慮する」

性格も見た目も剛直そうな道力と炊亨は、麻衣の目から見て水と油ぐらい相容れないものに思えたが、ふたりのやり取りにはそこまで険悪なものは感じられない。

道力が麻衣の方を見たので、麻衣は立ち上がり会釈をした。

「あ、初めまして。スタッフとして登録しています川伊地といいます」

「ほう……これは」

道力は目を細める。迫力のある男にまるで値踏みされるように見られ、麻衣は気圧されてしまう。だが道力はそれ以上、なにも言わずに冷歌と炊亨に話をして、オフィスを出て行った。するとそれだけで引き締まった空気が緩んだようで、麻衣も息を漏らした。

「ふー、なんか迫力のある方ですね。冷歌さん、知り合いなんですか？」

「ええ、同業者よ」

「ああ、同業者……え!?　同業者!?　じゃあ……うちと同じような派遣業務を？」

「そう、オカルト現象を解決する人材を派遣する会社の社長よ。道力左馬《さま》之《の》助《すけ》って言えば、その筋では結構有名な人物でね、抱えるスタッフの数も、うちとは比べものにならないほど多いわ。まあ、この業界の大手ね」

「は、はあ」

（この業界に大手とかあるんだ……）

「よーし！　今回の仕事はでかいからね、全員で行くよ！　冷歌、みんなに連絡をして。今日、集まれるかな？」

「炊亨、さすがに今日の今日ではわからないわ」

「そうかー、とりあえず、いつ集まれるか聞いてみて。はい、これが今回の依頼ね」

ご機嫌な炊亭は冷歌に今回の依頼内容が書いてある書類を手渡して、自分のデスクの椅子に偉そうに座った。冷歌は書類に目を通しつつ全員にスケジュール確認のメールを送る。

「いやぁ、今回の仕事はでかいなぁ。あ、麻衣ちゃんもよろしくね。今回の仕事の成否はこの伊達スタッフサービスの今後を左右するから！　クゥー！　やる気が出るね！」

炊亭はいつもよりも若干、高いテンションで言った。

「……」

麻衣は、炊亭のそんなお気楽なところにも腹が立つ。何故、麻衣が今この事務所に来ているのかなど、考えてもいない。とにかくすべてが雑なのだ、この男は。

「うーん？　麻衣ちゃん、どうしたの？　怖い顔をしてぇ。笑顔、笑顔。今度はね、ちょっと場所が遠くて住み込みになるから、麻衣ちゃんもそのつもりで準備お願いね。でもその分、仕事は大きいからうまくいけば報酬だって……」

「嫌です。行きません」

「たくさんもらえるよ。それにね、今回は報酬とは別に……え？　今、なんと？」

「私は仕事を受けません。死んでも行きませんから！」

「えぇーーー!!　なんで？　どうして？　麻衣ちゃん！　なにかあったの!?」

何故だかわからない、と言わんばかりに目を見開いて驚く炊亭に、麻衣はますます腹が立ってくる。

「もう嫌なんです！　いつも、いつも、適当な説明で派遣されて、行ってみれば怖い目に遭って！　前回なんて目の前で化け物を呼ばれて、ものすごく怖い思いをしたんです！　前々回だって考えようによっては相当、怖いものでした！　そんな風に次から次へと……もうたくさんです。辞めさせてもらいます！」

「そ、そんなぁ、あああ……燈二は真面目すぎるから」

顔を引き攣らせた炊亭は……ハッと思い出したように麻衣に視線を向ける。

「あ！　でもほら麻衣ちゃん、今、辞めたら契約違反になって……えーと、そう！　違約金とか発生しちゃうかも！　すごい高いのが！」

「う！　な、なんていう……この人でなし！」

麻衣が狼狽えているのを見ると炊亭はチャンスと思ったのか、デスクに両肘をつけて悪の親玉のような表情を見せた。

「フ、フフフ……なんとでも言えばいい。でもねぇ、今回の仕事は大きいし、みんなで行かないと遂行できないから、会社への損害を計算して……違約金は高額に……あ痛!?　すんごい痛い!!」

「馬鹿者、止めなさい。そういうのは逆効果よ」

冷歌は社長を馬鹿呼ばわりしながら、その頭を硬質のバインダーを縦にして平然と叩き、痛みで悶絶している炊亭を見下ろして嘆息した。

「麻衣ちゃんがここを辞めたいと言っているのは、すべてあなたのせいよ、炊亭」

「え!?　何故!?　どこが!?　全然、わからないよ！　俺はこんなに社員を思って！」

顔を上げて、炊亨は涙目のまま冷歌と麻衣を交互に見る。

「こんなに優しくて優秀で格好いい社長は、他にいないはずだ！」

「それがまず大間違いですけど……それを自分で言うかね」

そう言いながら麻衣は頭痛がしてきたので、こめかみを押さえた。

「そうだ、俺のどこが悪いんだ！　俺は完全無欠だよ。なにが悪いか、考えてみなよ！

なにも浮かばないはずだから！」

この炊亨の強気な訴えに、麻衣と冷歌は目を見合わせる。

そして無表情になり、「自称・完全無欠」の社長に顔を向け、交互に口を開いた。

「不真面目」

「いい加減」

「胡散《うさん》臭い」

「口だけ」

「……え？　あれ？　しかも何故、冷歌まで？」

矢継ぎ早に出てきた無表情な女性ふたりの評価に炊亨は呆気に取られ、ポカンとする。

「無神経」

「無分別」

「無計画」

「無責任」

「無遠慮」

「無作法」

「無反省」

「無礼者」

「ちょちょちょ、ちょっと！　嘘だ！　ひどい！　僕はそんなじゃないぞ！　しかも『無』で綺麗にまとめないで！　何故か胸に刺さるから。あと無礼者ってなに？」

炊亭は、冷徹な顔で自分を見下ろし、低評価な言葉を交互に繰り出すふたりの女性に、極度にうろたえる。だが、強気な態度は崩さない。実はすでにちょっと涙目だが。

「ふ、ふん！　そ、そんな言いがかりみたいなことを言われても、俺は気にしないからね。優秀な経営者の俺は、部下からの謂《いわ》れのない謗りくらい受け止めるよ。器が違うんだな、うんうん。そ、それにしても本当は俺のこと評価しているくせにふたりとも素直じゃ……」

「空気が読めない」

「役立たず」

「お調子者」

「仕事の邪魔」

「イライラする」

「アホ」

「すみませんでしたーー!!　反省するから、もう止めて！　それと最後の方はただの悪口ぃ！」

心が完全に折れ、ぶわっと大量の涙を流し、ふたりに縋るように訴える炊亨。

「麻衣ちゃんが本気でうちの仕事を嫌になっているのがわかった？」

「……」

「麻衣ちゃんは、もし就職活動に苦戦していなかったらうちになんて来なかったのよ。それにもかかわらず、あなたがいつもたいした説明も配慮もせずに適当に仕事を紹介して、怖い目に遭わされているから、なおさら不満がたまるの。辞めたくなるのも当然！　先輩を一緒に派遣すればいいっていうのが、そもそもの間違いなの。うちのスタッフは優秀だけど、それは新人を育てたり、ケアする能力とは別もの。だから、徐々に馴染んでもらうために、当分は私が面倒を見ると言っていたのに、あなたときたら……」

冷歌は涙目で心がぺちゃんこになっている炊亨に、麻衣の状況や気持ちを代弁した。

麻衣は冷歌が自分の状況を理解し、否定せずに受け入れてくれたことを素直にありがたいと思い、言葉にしがたい安心感を覚える。

「麻衣ちゃん！　ごめん、許して、反省するから！」

突然、涙目で炊亨がデスクの上からすり寄ってきた。

「い！　ちょっと伊達さん」

「もう一度、チャンスをちょうだい！　せめて今回の仕事だけでも！　麻衣ちゃん、お願い！　今回の仕事は大きいの。この小さな会社を助けると思って！　この仕事が終わっても、まだどうしても辞めたいと思うなら、その時は止めないから」

と、ふるふる震えて麻衣に懇願してくる。

その態度の豹変に麻衣も困ってしまうが、涙を浮かべて下から覗き込むようにしてくる炊亨を見て、思わず憐みの感情が湧いてくる。

「……わかりました。これが最後ですよ、伊達さん」

「本当⁉ 麻衣ちゃん、ありがとう！ 麻衣ちゃん、優しい！ 麻衣ちゃん、最高！」

麻衣の言葉に炊亨は、太陽の光を燦々《さんさん》と受けた向日葵《ひまわり》のように顔を輝かせた。

「いいの？ 麻衣ちゃん」

冷歌は炊亨の態度に呆れながら、表情は心配そうだ。

「はい……まあ、いきなり辞めたら迷惑をかけるだろうし、これで最後だと思えば」

「ふふふ、お人好しね、麻衣ちゃんは」

麻衣の返答に冷歌は優し気な笑みを浮かべた。

＊＊＊

麻衣が最後の仕事だと承諾した次の日の昼過ぎに、伊達スタッフサービスに登録するすべての人間、と言っても社長の炊亨と秘書の冷歌に、海姫、颯太、燈二、そして麻衣の六人だが、炊亨の言うこの度の大きな依頼の説明を受けるために、事務所に集まった。

（これで全員なんだね……。意外に少ないような気もするけど……よく考えてみれば特殊な仕事だもんね。そんなに多くの人材がいるわけないか）

麻衣がそんなことを考えていると、炊亨と冷歌が資料を全員に配る。

「じゃあ、今回の仕事の説明をはじめるわね。今回は全員で行くわよ」

「へえー、どんなところなの？　私たち全員が派遣されるなんて、どれだけ大きな会社なの？」

海姫が珍しいこともあるもんだ、というように言う。

「今から説明するわ。資料の一枚目を見て」

今回、派遣されるのは裏伊豆にある老舗の旅館「紅湯庭《べにゆてい》」というところだった。

ここ数ヶ月、この紅湯庭に突如、不可思議な現象が多数起き、そのせいで多くの従業員が次々に辞める事態となり、旅館の営業もままならなくなるほどの影響が出てしまっているらしい。そういうわけで、緊急に人材を派遣してほしいと依頼されたのだった。

もちろん、仕事の本当の目的は、その不可思議な現象を解決することだ。

（老舗旅館か……どんなところだろう。古い建物だったりして、なんか怖そう）

麻衣は嫌々ながらも、これが最後の仕事になるのだからと冷歌の説明に真剣に耳を傾ける。

「老舗旅館ですか……このご時世ですから、変な噂がたつと存続すら危ぶまれますしね」

颯太がそう言うと冷歌も大きく頷いた。

「そのとおりよ。でも、幸いなことに宿泊客に被害は出ていないらしいけど、今後もし、お客様にまで被害が及べば、間違いなく大問題になるでしょうね。だから、先方も必死のようよ。うちのような派遣会社があると知って、すぐに飛びついてきたみたいだから」

「旅館のほうで、怪現象の原因に心当たりはあるんですか？　冷歌さん」

「いえ、燈二君。それがはっきりしていないの。この辺もいつもどおり通常業務をこなしながら調査していくことになりそうね」

今度は、海姫がぼやく。

「調べればだいたい原因なんてわかるのにねぇ。なんで経営者とか偉い人たちってこういったことに鈍感なのかなぁ、ほんと、時々、イライラするわ」

「それも私たちの仕事のうちだと思いなさい、海姫。そのおかげで好条件で依頼されているんだから」

「はーい」

「あ、あの、いいですか？」

「いいわよ、麻衣ちゃん、なに？」

「不可思議な現象って、たとえばどんなものなんですか？」

「そうね……どれもまあ、ありきたりなものよ。夜中に泣き声が聞こえてきた、とか、襖《ふすま》やトイレのドアが開かなくなった、とか、天井から変な音が聞こえるなどなど」

「ひ！」

（なにそれ！　幽霊屋敷そのものじゃない！）

麻衣の顔が青ざめるが、ほかのメンバーは「ふーん」といつもと変わらない態度。どうやら当たり前すぎて反応すらないみたいだ。

「なーに？　麻衣、まだこういうのに慣れないの？　大丈夫よ、今回は冷歌さんも燈二さんもいるから。逆にそんなのに出くわしたら、面白いものが見られるチャンスよ。原因が幽霊の類なら、このふたりがすぐに解決するから」

海姫は麻衣の反応が可笑しかったらしく、笑いながら言う。麻衣はそれがチャンスという発想はないので、乾いた笑いで返した。

「そ、そうかー、あはは……チャンスかー、あはは」

(自分たちの感覚が普通とは違いすぎるとは、わかってないんだろうなぁ、このメンバーは)

「とりあえず、それぞれの役割は大まかに決めておいたわ。颯太君、海姫ちゃん、麻衣ちゃんはこの怪現象の原因を調査してね。もちろん私たちもするけど、この点に関してはあなたたちには敵わないから。それといつも言っていることだけど、ひとりで突っ走らないこと。必ず、情報は皆で共有することを忘れないでね。それと……麻衣ちゃん」

「はい！」

冷歌は麻衣に顔を向ける。

「特に麻衣ちゃんは、なにかあったら誰でもいいからすぐに相談してね」

「あ、はい……それはわかっています」

麻衣は自分が新人であることと、他の先輩たちにくらべて経験や能力が劣っているための当然の注意と受け取り、素直に返事をした。

「うん？　たぶん、麻衣ちゃんは勘違いしているようね。違うわよ」

「……？　なにがです？　冷歌さん」

「それは麻衣ちゃんを頼りにしているからなのよ」

「え？」

麻衣は冷歌の言っている意味がわからず、正直慌ててしまう。周囲も冷歌の言うとおり、というように頷いている。

颯太は気づかわしげに、海姫は呆れたように、燈二は苦笑い気味ではあるのだが、その目には優し気な雰囲気を纏って麻衣を見つめている。

「えっと……」

麻衣は、周囲の人間たちの言わんとするところがまだわからない。

「麻衣ちゃん、あなたはまだこの仕事に慣れていないのは事実。だから、困惑することが多いし、なにが優先順位か判断つかないのは仕方のないことよ」

「……はい」

だから、私ひとりに特別に注意をしたのでは？　と麻衣は思う。

「でもね、あなたの強い霊感は天性のものなの。あなただけの能力、才能といってもいいけれど、とても私たちの助けになるの。だから、感じたこと、気づいたこと、なんでもいいわ。それを私たちにいちいち伝えてほしいのよ」

　冷歌がそう言うと颯太と海姫が声を上げる。

「うん、本当に凄いよ！　僕のオーラを見る能力に麻衣さんの感受性がプラスされれば、いろいろとわかることが増えるよ！」

「そうね、おかげで前回の仕事もすぐに終わったし、すごくおいしい仕事になったわ。オカルト現象解決の報酬は時間と関係ないから、麻衣の感覚は助かるの。また組もうね！」

　いきなりふたりから褒められて、逆に麻衣は恐縮してしまう。

「ふむ、川伊地はたしかにできないことも多いが、できることには真剣に取り組んで結果も出した。お前は自分を卑下しすぎるきらいがある。それはおまえの欠点だ、改めろ」

「あはは……はい」

(真田寺さんは自信がありすぎるんじゃ……あ、でも本当にすごい人だからいいのかな)

「麻衣ちゃん、これがあなたに対する評価よ。いつか自分だけで判断もできるようになるわ。でも、今は私たちに逐次報告すること。これが麻衣ちゃんに言いたかったことよ」

　麻衣は冷歌の言葉を聞いて、込み上げてくる不思議な感覚に戸惑った。

　正直混乱していると言っていいかもしれない。

　元々、麻衣は不器用なところがあり、失敗を恐れミスすることも多かった。褒められた記憶などまるでないため、麻衣は他人から与えられる自信というものを知らなかった。

　それに加え、麻衣には生来、自らの長所を見つけて自信を持つというメンタルがない。

　それはたしかに燈二が言うように、自分を卑下していると言えなくもなかった。

麻衣は、自分はもっともっと頑張って、もっともっと成長しなければいけない、と考え、その張り詰めた緊張感が限界を迎えたとき、会社を辞めることになった。

すっかり自信を失った麻衣を……今、最も混乱させている理由。

それは皮肉にも、自分が最も忌み嫌う霊感を評価されたことだった。

麻衣は自分に霊感があることが心底嫌だった。正直、邪魔で欠点以外のなにものでもなかった。

この霊感のおかげで伊達スタッフサービスに誘われたという意味では、役に立ったのかもしれないが、トータルに考えれば恐怖とストレスがたまっただけだ。

ところが、死ぬまで付き合わなければならない、最大にして最悪の欠点を冷歌から評価され、同僚から褒められ、そして期待された。

（わ、私……こんな欠点を……能力を褒められて、どうしたらいいの）

さらに麻衣は、霊感の強さを褒められて、一瞬ではあったが……温かな気持ちを感じてしまった。そう……麻衣はたしかに嬉しいという感情を覚えたのだった。

「はい、じゃあ、それぞれの通常業務の仕事内容と役割分担は、二枚目に私がまとめておいたから、そちらをよく読んできてね。出発は来週の水曜日、五日後になるわ。今回の仕事は住み込みになるから荷物の取捨選択は各自に任せるわ」

そうまとめると冷歌は、背後のデスクでパソコンを前にして書類やら電卓やらを摑んで格闘している炊亨の顔を見てため息をつく。

「ちょっと、炊亨、あなたからはなにもないの？」

「よーし！　できたーー!!」

突然、炊亨は声を上げて立ち上がるとプリンタのある方へ走っていく。

そして、プリントアウトされた紙を全員に配った。

「みんなー、これを見て！」

「これはなに？　炊亨」

冷歌が渡されたプリントに目を通そうとすると、それよりも先に海姫が驚きの声を上げる。颯太もその横で目を丸くした。

「ええーー!!　すごい！　これ今回の報酬？　社長、本当なの!?」

「ふふふ、どうだ驚いたか、諸君。今回は大きな仕事だと言ったでしょ？　だからみんなに気合いを入れてもらおうと思ってね」

「すごいですよ！　今までで一番かもしれないです！」

「そうだろ、そうだろ。これで俺への尊敬が一段と増しただろ、ははは！」

炊亨は颯太の言葉に何度も頷き、ドヤ顔で笑い声を上げたあと、表情を引き締める。

「ただし！　これは諸君らの働き具合によって変わるのだ」

「え？　それはどういうこと？」

先ほどまで満面の笑みで喜んでいた海姫が、怪訝そうに目を細める。

「説明しよう。これは無駄なく速やかに怪現象を解決したときの報酬……つまり、最もうまくいったときの最高額だと思ってほしい！　でも解決が遅れれば報酬も下がる。どう？　こりゃあ頑張らないといけないと思ったでしょ？　やりがいがあるでしょ？」

「「「……」」」

メンバーたちの間に微妙な空気が流れる。麻衣もプリントから目を離し、胸を逸らしている炊亨を半目で見つめる。

（な、なんというわかりやすい餌を撒く人だろう……？　しかも、あの顔）

冷歌が眉間を摘まんで俯くが……そこに大きく息を吐いた海姫が口を開く。

「ま、まあ、今回の仕事が大きいことはわかったわ。とりあえず頑張ればいいのね、社長」

「そ、そうだね。いつもどおり一刻も早く原因を特定して、解決できるように頑張りましょう」

颯太も空気を読むようなセリフを吐くと、炊亨は、かかった！　という気持ちがもろに現れた表情で「フッフッフ……」と腕を組んだ。

「「「……」」」

メンバーたちの大人の対応がわからない社長に対し、明らかに皆のこめかみの血管が膨れ上がる。今、冷静で微動だにしないのは燈二ぐらいのものだった。

（真田寺さんはさすがに冷静……というか、もう相手にしていないとか？）

「もう、解散でいいですか？　冷歌さん。ちょっと不愉快な気分になってきましたので」

冷静な口調だが、凍てつくような殺気の籠った目で燈二が言い放つ。

「ええ……もういいわ。はい、では解散よ。皆、今日渡したチケットをなくさないように」

冷歌のその言葉を合図に燈二を先頭にして皆、オフィスを出て行った。

麻衣は初めて自宅以外での長期滞在の仕事であることから、荷物をどうしようかと考えながら出口に向かうと、炊亨に呼び止められた。

「あ、麻衣ちゃん。待って、渡すものがあるから！」

炊亨は、子供向けアニメの絵柄が描かれているノートを麻衣に渡した。

「ここに麻衣ちゃんに毎日してもらいたいことを俺が書いたから。これを熟読してそのとおりに実行してね。まあ、課題というか、宿題みたいなものだと思って」

「は、はあ」

麻衣はパラパラと中を捲ると、決して綺麗ではない文字でなにかが書かれていた。

「ほら、麻衣ちゃんになにも教えてくれていないって言われて反省してね。まあ、護身にもなるから騙されたと思ってやってみてよ」

炊亨が珍しく殊勝なことを言うので、麻衣は大袈裟にノートに書かなくても、と思わなくもないが頷いてみせた。

「わかりました。今日、帰ったら読んでみます」

麻衣はノートをカバンにしまうと、冷歌に挨拶をしてオフィスをあとにした。

麻衣は帰りに寄り道をして、今回の仕事で必要そうな長期滞在用のアイテムを購入すると、自宅に戻りひと息ついた。

「この仕事が終わったら……今度こそ真っ当な仕事を探さなくちゃ」

そう呟いてベッドの上に横たわると、炊亨から渡されたノートのことを思い出した。

(そう言えば、宿題みたいなものって言ってたけどなんだろう？　気になる)

早速、カバンに手を伸ばしてノートを取り出し、一枚ずつページを捲っていった。

「は……なにこれ？」

そこに記されていたのは、修行僧が行うような課題だった。

・これから毎日、お風呂から出る時には必ず冷たい水で体を流し、身を清めること。
・寝る前には静かに瞑想をし、ここに書いてある孔雀明王の真言を唱えること。

とはじまり、途中に「これはアンチエイジングにもなるよー！」などのメモもあったが、全体の流れとしては炊亨なりの孔雀明王の真言の考え方のようだった。

・失敗は成功に変えていく力であること。
・人生における毒は消化し、昇華することでより美しくなる。
・恐れる心から逃れようとするのではなく、受け止めてそれを知ること。

そして、最後に『伊達炊亭の人生哲学を麻衣ちゃんに特別に教授しちゃいますー!』と大きな文字で丸々一ページを使って書かれている。

その人生哲学とは……、

自分にはきっと才能があるよ!
なんの才能かは知らないけど(笑)
生きているだけできっと誰かの役に立っているよ!
誰の役に立っているかは知らないが(笑)
良いと思ったことをやればいいよ!
自分の評価は他人が勝手に決めるから(笑)
そう思わなきゃ、息苦しくてやってられるか、人生なんて!
どうだ!　これで君も立派な伊達ファミリーだ!(笑)

麻衣は最後のページまで読み終わると静かにノートを閉じた。

そして……目を細めるとノートを放り投げた。

「(笑)ってなんじゃー!!　あの人に真面目って言葉はないのかぁ!」

と、近所迷惑も考えずに叫ぶが、真面目な麻衣は一応、書かれたとおりに宿題だけはこなそうと思うのだった。

第五章　川伊地麻衣はお湯神様の夢を見る

翌週の水曜日。

麻衣たち一行は今回の派遣先、伊豆半島の西側、通称裏伊豆にある温泉宿、紅湯庭に到着した。

「うわあ、いい宿ねぇ！　このひなびた感じがいいわぁ」

大きな門をくぐると海姫が感嘆の声を漏らした。麻衣も仕事だとは言え、魅力的な温泉宿を前にして条件反射でワクワクしてしまう。

「本当だね！　敷地も整備されて広いし、ネットでも人気があるのがわかるよ」

「ほらほら、海姫に麻衣ちゃん、私たちは仕事で来たんだから、はしゃぐのはあとにしなさいね。仕事が終わったら、いくらでもお客として来るといいわ」

「はーい」

（うわぁ、そうだった……。ここ、オカルト現象があるんだった……）

冷歌の言葉で麻衣は現実に引き戻される。敷地内の日本庭園も、ゆとりのある和風空間を演出した宿泊施設の建屋も、別の印象になってしまい、げっそりと肩を落とした。

そこに後ろから鼻歌交じりに炊亨がやって来て、陽気な声を上げる。

「んじゃ、早速、今回の雇い主の女将に挨拶に行くことになってるから、みんなついてきてねぇ」

伊達スタッフサービスの一行が紅湯庭の本館の入り口近くまでやって来ると、それに気づいた従業員がすぐにスーツ姿に法被《はっぴ》を羽織った男性を連れて、慌ただしく外に出てきた。

「伊達さん！　お待ちしておりました！　こちらの方たちが？」

「おお、高瀬《たかせ》さん。そうですよ、これがうちの優秀なスタッフたちです。まあ、僕らが来たからには大船に乗ったつもりで安心してください。あははは」

炊亭に話しかけてきた男性の胸には、高瀬勇樹《ゆうき》と書かれた名札がついている。

（あれ？　この人、どこかで見たことがあるような……）

高瀬の顔に見覚えがある麻衣は首を傾げるが、どこで会ったのかが思い出せない。

「そうですか！　ありがとうございます！　それでは、こちらにどうぞ。若女将のところにご案内します」

高瀬はそう言うと、皆を先導して旅館の中へ案内した。

玄関に入ると天井が非常に高く、スペースを贅沢にとったロビーが広がっており、ここに来た宿泊客は、まず解放感を感じずにはいられないだろうことは容易に想像できた。

ロビーの奥は巨大なガラス張りになっていて、そこから西伊豆の海原を一望できる。というのも建屋が断崖絶壁の縁に建てられているからだ。

「ちょっと、本当にすごいわね！　颯太、麻衣、見てよ、この景色！　泊まったら、いくらぐらいするんだろう？」

「あはは、たしかに相当、高そうだよね」

「海姫ちゃん、早くしないとみんな行っちゃうよ」

「あ、待ってよ！」

海姫も麻衣もこういった高級宿に来るのは初めてで、窓からの風景や内装にいたるまで、すべてが珍しくて仕方がない。キョロキョロしながら歩くので、一行から遅れがちになる。

「高瀬さん、それで状況はどうです？」

炊亭が尋ねると、高瀬は深刻そうな顔で首を横に振った。

「なにも変わっていません。といいますか、状況は悪化の一途をたどっています。従業員も減り続けて今では去年の半分ほどの人数になってしまいました。だからお客様の受け入れを制限せざるをえない状況です。この前、お会いした時も概要はお話ししましたが……」

聞けば、おかしな怪現象が起きはじめたのは半年ほど前。

従業員が、奇妙な音や影を見たり聞いたりすると言いはじめ、旅館の備品が壊れたり、誰も触れていないのに棚からものが落ちてきたり、また、厨房ではボヤ騒ぎまで起きた。

その後、ダメージを決定的にしたのは従業員の中に怪我人が出てしまったこと。これでくすぶっていた従業員たちの恐怖心が爆発し、辞める者が続出してしまった。

そのために現在旅館は深刻な人手不足に陥り、結果、経営にも影響が出ている。

「それでも宿泊客に危害が及ばなかったのだけは、不幸中の幸いでした」

高瀬はそう言うと、長い廊下の先にある従業員専用の通用口の扉を開ける。

「タイミングも最悪でした。この旅館のオーナーでもある女将《おかみ》が、この現象がはじまったのとほぼ同時に体調を崩してしまい、現在は入院中でして」

「そうでしたか……え？　高瀬さん、じゃあ、今の女将は……？」

炊亭が真面目な顔で聞き返す。

「はい、入院中の先代女将のひとり娘の志津野栄子《しづやえいこ》が現在のオーナー代理、若女将として切り盛りしています。あの……伊達さん、これは先日、お会いした時に伝えていますが……あの店で打ち合わせをしたとき」

「あの店？」

冷歌の目がピクッと反応をする。

炊亭は明らかにヤベッという表情で、肩を跳ね上げる。

「え!?　ああ！　そうでしたね！　はいはい、そうでした、そうでした！　あの打ち合わせの時ですね、あの静かなお店で！」

炊亭の声が裏返っている。

（あの店？　ああ、事前に打ち合わせをしてたんだ……うん？）

高瀬の横顔を見つめていた麻衣が、あることを思い出す。

「ああ！　高瀬さん、あの時、伊達さんとキャバクラに入った……むぐぐ」

麻衣は話の途中で必死の形相の炊亭に口を押さえられ、言葉を遮られる。

（この人、あんな店で打ち合わせを！　しかもこの慌てようは絶対、経費で！）

麻衣に続きを言わせまいと必死な炊亭に、冷歌は静かに目を向ける。

「炊亭……その話はあとで聞かせてもらうわ。その時の領収書もしっかり確認してからね」

「ひっ！」

冷歌の静かな迫力に炊亭は麻衣を放し、ガタガタと震えながら頷く。

（……アホですわ）

麻衣は残念な生き物を見るような目で、炊亭を見つめた。その横で困ったような顔で汗をかいている高瀬が、すぐ前方にある重厚なドアを指し示す。

「あ、若女将のいる支配人室はそこですので……。それと伊達さん、以前、お話したとおり、若女将には伊達さんたちは普通の派遣会社のスタッフだとしか伝えておりませんので、若女将に気づかれるような言動は避けてください」

「高瀬さん、その辺はご心配なく。では、すぐにご挨拶に参りましょう」

「はい、では……あ」

高瀬がドアを開けようとすると、支配人室の扉が開き、中からふたりのスーツ姿の男性が出てきた。どうやら先客がいたらしい。高瀬がすぐに横に避けたので、伊達スタッフサービスの面々もそれに倣い道を譲る。

高瀬はその男性たちに深々と頭を下げるが、その目が一瞬、憎々しい光を宿していることに麻衣は気づいた。

（うん？　なんだろう……気のせいかな？）

するとまだ部屋の中に客がいるらしく、声が聞こえてくる。

「よく、お考えくださいい、いい返事をお待ちしておりますよ、若女将」

「ですから、今はそのようなことは考えておりませんので」

その後にもうふたり、スーツ姿の男性が出てきた。

ひとりは初老の男性で歳にそぐわない、ギラギラした出世欲のかたまりのような目つきで、やり手の営業マン風の印象を麻衣は受けた。もうひとりは、四十歳前後に見えるやせ型の男性で顔色が悪く、まるでなにかの病に侵されているような青白い肌をしている。

麻衣はその顔色の悪い男性の横顔に何故かゾクッと悪寒が走り、顔を強張らせてしまう。

（なに、この人……怖い）

高瀬は、出てきた初老の男性を見ると愕然とした表情になり、拳を握りしめる。

一方、相手の男性は高瀬に気づくと視線だけを送り、なにも言わずに通り過ぎていった。

高瀬は来訪者たちの後ろ姿をしばし見つめていたが気を取り直し、目の前のドアをノックする。中から「どうぞ」という若い女性の声が返ってきた。

「皆様、どうぞお入りください」

高瀬たちの様子をひとり、炊亨だけが見ていたが、支配人室の中に案内されて若女将の姿を視認すると、炊亨の顔に輝くような満面の笑みが浮かぶ。

その炊亨の表情の理由はすぐにわかった。

（（（すごい美人！）））

「よくお越しくださいました」

麻衣は若女将を見て、思っていた以上に若いことに驚いた。

（二十代後半くらいかな、私とそんなに歳は違わなそうなのに落ち着いてるなぁ。それに冷歌さんに負けず劣らずの容姿！）

若女将は着物姿であったが純和風というより、洗練された都会の女性だった。地味めな着物が容貌を際立たせていて、麻衣は彼女目当てで訪れる客も結構いるだろうと思った。

「これからお世話になります伊達スタッフサービスのものです！　スタッフ一同、誠心誠意、紅湯庭のために働かせてもらいます。よろしくお願いします！　いや、わたくしにいたっては若女将のためだけに働くことも厭《いと》わない……い!?」

炊亭は、上機嫌に挨拶をする途中で冷歌に背中を思いっきりつねられて顎が上を向く。

「そうですか、是非とも頑張ってください。皆さんもよろしくお願いいたします」

しかしその時、炊亭以外の面々は、無表情で挨拶を返すこの若女将に違和感を覚えた。

というのも、彼女がまったくこちらに顔を向けず不愛想だったからだ。

「まあ、立ち話もなんですから、こちらにどうぞ」

若女将はコの字に配列されている大きなソファーに座るよう炊亭たちを促し、自身は上座のひとり掛けのソファーに腰を下ろした。

「あらためまして。私がこの紅湯庭を預かっている志津野栄子です。皆様のことは高瀬から聞いています。ご存知かとは思いますが、今、紅湯庭は極度の人手不足で従業員の負担が重くなっています。皆さんには期待しています」

と、栄子は言うが明らかに言葉と表情が乖離《かいり》していて、とてもではないが歓迎されているようには思えない。そのため、麻衣だけではなく冷歌や海姫も表情を硬くする。

「まっかせてください！　うちのスタッフたちはわたくしの指導の賜物で、特別に優秀な者たちですので、ひとりで何人分もの働きを……」

「それにしても……」

炊亭の空気を読まない口上を遮るように、再び栄子は口を開いた。

「この業界で言えば、とても良い条件を提示しているにもかかわらず、どこに募集をかけても誰も来ず、大手の派遣会社にお願いしても、まったく相手にされませんでした。なのに、よく受けてくださいましたね。高瀬となにかご縁でもおありですか？」

「へ？　ご縁？」

まるで皮肉るような言いように高瀬は狼狽え、炊亭やほかのメンバーたちも首を傾げる。

（なんだろう、この重苦しい雰囲気。それにしても伊達さんは、美人若女将を見てからすっかり舞い上がちゃって、この人には空気を読むという機能が備わってないの？）

麻衣が、いまだにしっぽを振る犬のような炊亭を横目で見ていると、高瀬が身を乗り出すようにして栄子に顔を向けた。

「栄子さん！　この方たちは私が知人の伝手をたどって、ようやく来てくれるようになった派遣会社の方たちです！」

「あなたの知人……ですか？　洋平さんとも関係が？　たった今、出て行かれましたが」

「父は関係ありません！　私は父とは違うと何度も……。私はこの紅湯庭のためを思って伊達さんに人材を派遣してもらえるように依頼したんです！」

麻衣たちは栄子と高瀬がなんの話をしているのか、さっぱり理解ができない。

「まあまあ！　とにかく、僕らは一生懸命やらせてもらいますので、よろしくお願いします、若女将。僕らの働きぶりを見ていてくださいよ！　特に僕の！」

栄子と高瀬の会話を遮るように、炊亭は妙にかっこつけた顔でキラッと歯を見せる。

(こ、この雰囲気でよくそのテンションで話せるよね、伊達さんって)

栄子はため息交じりに炊亭を見つめ、目を閉じて言う。

「わかりました。よろしくお願いします。仕事の配置は番頭の高瀬に任せますので」

結局、炊亭が言葉を挟んだので、栄子と高瀬がなにを話していたのかはわからずじまいになった。

「……では、皆さん、行きましょう。まず、作業着をお渡ししますので、着替えができましたら、また集まってください」

高瀬がそう言うとメンバーは全員立ち上がり、支配人室をあとにした。

「冷歌、あとでみんなの配置が決まったら、その職種とシフト表をちょうだい。俺もみんなのだいたいの居場所と働く時間を把握しておきたいから」

「……？　わかったわ、炊亭」

こうして一行は冷歌の指示でとりあえずは職員に扮して働きつつ、怪現象の原因を突き止めようということになった。

＊＊＊

「わあ、意外と似合うじゃない、麻衣」

「そ、そう？　海姫ちゃんこそ、なにを着ても似合うよね」

「そりゃ、私は可愛いから、なんでも似合うに決まってるじゃない」

「あはは……そうだったね、私は意外に、だけど……」

和装の作業着を着て嬉しそうにしているふたりに、冷歌の指示が飛ぶ。

「ほら、仕事中よ。まずは通常業務をこなしましょう。マニュアルは読んできたわね？　慣れないと大変だと思うから、その辺はお互いにフォローしていくわよ」

ふたりを戒めた冷歌が実は一番綺麗で、麻衣はなんだかやるせない気持ちになる。

高瀬の指示で麻衣たち女性三人は仲居、颯太は清掃や布団などの備品整理の力仕事、燈二は厨房の手伝いにそれぞれ配置された。燈二は料理の腕もプロ級なのだそうだ。

麻衣はそれを知って驚きを通りすぎて、むしろ不思議に思ってしまった。

（真田寺さんって……本当になんで伊達スタッフサービスにいるんだろう？）

まずはそれぞれの配置場所で、主に従業員から情報を得ようということになっている。

麻衣もこれまでの少ない経験上ではあるが、オカルト現象は原因不明ではなく、必ずなにか発端となるものがあることがわかってきた。とはいえ、怖いことに変わりはないのだが。

麻衣は情報収集にあたり、不可思議なことがこの旅館に起こる可能性について、メンバーに尋ねてみた。方向性がある方が自分の行動指針を立てやすいと思ったのだ。

「そうね、可能性としては土地神の怒り、もしくは地縛霊が原因か、他者からの深い恨みを集めた結果、悪しきものを呼び込むことになった、ということがあるでしょうね」

（ひー、怖い）

「そう、たとえば後者の場合、さっきの若女将、もしくは入院している先代の女将が誰かの強い恨みを買って、その相手の生霊を呼び込んだという可能性も排除できないわ」

「川伊地、高瀬さんによれば怪現象は半年ほど前からとのことだ。だとすれば、地縛霊の類の可能性は低いので、土地神の意に反することをしたか、他者からの恨みに絞っていいだろう。その意味では今回、従業員の情報は有効だ。川伊地や安里、颯太のコミュニケーション能力は高い。お前たちの働きは重要になるぞ」

そう言ったのは、板前のような恰好も違和感なく着こなす燈二だ。

「あら、厨房だって古株ばかりよ。なにか知っている可能性も高いから、燈二君も頑張って情報収集してね」

「わかっています」

「もっとも、燈二君が言うことは正しいわ。この怪現象が起きる時期と先代の女将が体調を崩した時期が近いのも気になるし……。じゃあ、その辺りからあたっていきましょう」

冷歌の指示に全員が頷く。

「あれ？　伊達さんは？」

麻衣がこの場に炊亭がいないことに疑問を口にする。

「……炊亭は特定の仕事を担当しないで、情報収集に専念してもらうことにしたわ……」

「え⁉　じゃあ、伊達さんは自由⁉　ず、ずるい」

麻衣が不満を漏らすと、冷歌は達観したような優しい目で麻衣を見つめる。

「ふふふ、麻衣ちゃん……炊亭みたいな人間に、この高級老舗旅館で任せられるような仕事ってある？」

「……！」

ハッとする麻衣の周りで海姫や颯太はうんうんと頷き、燈二は眼鏡の位置を直している。

「とても……よくわかりました。冷歌さん」

「ありがとう……麻衣ちゃん」

それは傍から見ると何故か美しい光景に見えた。

老舗旅館、紅湯庭に伊達スタッフサービス一行が赴任して数日がたった。

要領のいい海姫は初めての仕事でも、段取りを一度聞いただけで理解してこなしていき、若いのに優秀な子というポジションをすでに手に入れている。それに加えて持ち前の高いコミュニケーション能力を発揮し、男女問わず従業員や宿泊客たちの心を摑んでいった。

颯太は、主に年上の女性従業員や女性客たちから可愛がられ、常連の身なりの綺麗なマダムたちから、自分の部屋担当にしてほしいとご指名が入って、慌てていた。

特筆すべきは冷歌と燈二だ。

冷歌の仕事は当初から完璧で、五十代で仲居リーダーを任されているベテランの渡辺《わたなべ》も感心し、忙しい状況で冷歌のような優秀な人材が来てくれたことを心から喜んでいた。

しかも冷歌はそこにいるだけで多様な年齢層の男性客の注目を集めてしまうのだ。ところが、男性たちは近寄りがたく思うのか、冷歌の対応にそつがないためか、冷歌の周りは平穏そのものだった。男性客と一緒に来ている女性たちは、冷歌に嫉妬するよりも、憧れの眼差しでため息を漏らすぐらいしかできないというのも大きい。

燈二は、老舗紅湯庭の人気を支えていると言っても過言ではない板長・五嶋《ごとう》の指示で、最初は皿洗いだけに終始していたが、厨房内が戦争のように忙しくなると、簡単な調理も任されるようになった。すると、その燈二の腕に厨房内の板前たちが騒然となる。

燈二の包丁さばきや盛り付けは素晴らしく、どこで修業したのか、と質問攻めに遭った。その後、頑固一徹の五嶋にしては異例の早さで、燈二にいろいろと仕事を任せるようになった。

当の麻衣はというと、この紅湯庭の息つく暇もないほどの忙しさの中、文字通り四苦八苦していた。元々、麻衣には海姫や冷歌ほどの器用さや要領のよさはない。また、当然、旅館での仕事など経験がないため、マニュアルは読んできたがわからないことだらけだ。

「川伊地さん、水割りセットを鳳凰《ほうおう》の間のお客様に届けてくれる？　ウォーターポットやアイスペールは、消毒されたものが厨房の横に置いてあるから」

「あ、はい！　わかりました！　行ってきます」

アイスペールってなに？　と思ったが、それを頼んできた同僚は、すでに次の仕事にとりかかっているため厨房に行き、そこで聞くことにする。

麻衣は、こうやってひとつひとつ仕事を覚えていくしかないと思っていた。冷歌だっていつでもそばにいるわけではない。であれば、自分で身につけていくしかないだろう。

麻衣は厨房に続く従業員用の通路入り口のドアに手をかけると、聞いたことのある声が耳に入り「うん？」とそちらを振り返る。

「えー、そうなんですか⁉　すごーい、あとで行こうか？」

「そうね！　そんなところあるんだったら、写真に撮りたいし」

「本当だよ。旅館から歩いていける距離だから。うーん、女性の足だと十分くらいかな？　崖の上なんだけど、本当に絶景だから明日の朝にでも散歩がてら行ってみたら？　あ、でも海に沈む夕日も見えるから、夕方の方がいいかな？　ほら、これは俺が撮った写真」

「あ、見せて、見せて」

そこには若い女性宿泊客に話しかけている、いや、明らかにナンパをしているとしか思えない我らが伊達スタッフサービスの社長、伊達炊亨その人がいた。

（あああ、またあの人は！　あれから姿を見ないなと思ってたけど！　自由なのをいいことに、なにをしているの⁉）

「ああ！　本当に素敵なところですね！」

「でしょう？　うんうん、もっと近くで見てみな。あ、そうだ！　よかったら明日、俺が君たちをここに連れて……う⁉」

そこでガシッと重たい手が炊亭の肩を摑んだ。

「なにを！　されているんですか？　伊達さん」

炊亭が慌てて振り向くとそこには目を細め、殺気を放つ麻衣がいた。

「あ！　麻衣ちゃん、これはね！　情報収集の過程で必要な……」

「ほう……情報収集です……か」

麻衣の低音で迫力のある声に炊亭が青ざめると、さっきまで一緒にいた女性たちは「どうもありがとうございましたー」とそそくさと去っていく。

するとカッと麻衣の目が見開いた。

「あなたはぁぁ！　私たちが必死に働いている時に、なに遊んでいるんですか！　しかも！　お客に手を出そうなんていったいどういうつもりなんですかぁ⁉」

「ひーー‼　誤解だよ、麻衣ちゃん！　情報収集は本当で、今のは……そう！　今のはカモフラージュだよ！　怪しまれないための！」

「誰に怪しまれないためですか！　伊達さんが一番、怪しいです！　こんなことが若女将や高瀬さんに知れたらどうするつもりなんですか！　即刻、クビになりますよ⁉」

麻衣は炊亭の胸ぐらを摑み、前後に激しく揺らす。

「お、落ち着いて、落ち着いて、ほら、他のお客さんに見られちゃう」

麻衣が振り返ると、炊亭の指す方向から団体客がこちらに向かって来ているのが見えた。

麻衣は慌てて炊亭を放し、静かに団体客一行に頭を下げた。そして、頭を上げたときには、すでに炊亭の姿も消えていた。

「ああ！　あのアホ社長ぉぉ‼　あとで冷歌さんに言いつけてやるんだから！」

麻衣はやり場のない怒りで地団太を踏んだ。

＊＊＊

「もう、本当にあの人はどういう思考回路をしてるのか、一回、頭を割って中を覗いてみたいよ！」

「あはは、無駄よ、麻衣。あの人を普通の人と同じように扱おうとしたらイライラするだけって言ったでしょう？　さあ、明日も早いから寝よ。寝不足は肌に悪いし」

深夜、海姫と麻衣は自分たちにあてがわれた一室で、寝る準備をしていた。従業員のほとんどは地元の人で、仕事が終わると皆自分の家に帰る。しかし一部、麻衣たちのように住み込みで働く人もいるので、紅湯庭の敷地内には従業員用の宿泊施設があった。

「う、うん」

なんだか釈然としないが麻衣は頷き、寝る準備をしようとしたが、ふと冷歌が帰ってきていないことに気づく。冷歌はひとり別の部屋なのだが、帰ってくると必ず一度は姿を現すのに今日は来ていない。考えてみれば今日は一度も冷歌に会っていなかった。

「あれ？ そういえば冷歌さんは？ 今日は宿直だっけ？」

「ああ、冷歌さんは燈二さんと一緒に、敷地内に張った結界の見回りに行ったよ」

「結界？ ああ、そういえばここに来た日の夜に結界を張るとか言ってたね。外から悪いものが入って来ないようにするとか、なんとか」

まるで漫画のような話だが、麻衣も今ではこういうことが、普通に受け入れられるようになっている自分に気づく。慣れとは恐ろしい、と思ってしまう。

「そうそう、さっき冷歌さんに言われたんだけど、一回みんなで集まりたいって。時間と場所はあとでメールするらしいよ。考えてみたら私たちが来てからなにも起きていないでしょう？ 怪現象は小さいものも合わせると、半年間ほぼ毎日あったと言っていたのに」

たしかに海姫の言うとおりで、麻衣たちが来てから旅館は平穏そのもの、オカルト現象は起きていない。別に怪現象が起きてほしいわけではないが、なにも起きないと問題解決の手がかりを摑めないというのも事実だった。

「まあ、なにもないに越したことはないけど、ちょっと拍子抜けよね。ひょっとして誰かの人為的な悪戯《いたずら》だったとかというオチじゃないかと疑っちゃうわ。はあ〜あ、私、先に寝るね。麻衣、電気とかおねがーい」

「うん、わかった。私もすぐに寝るから」

麻衣は慌てて寝巻きに着替え、電気を消すと、こんなときでも炊亨に言い渡された課題である瞑想と孔雀明王の真言を唱えてから眠りについた。


「……ここは？」

麻衣は気づくと緑豊かな山林の中をひとり歩いている。周囲の木々の間から太陽の光が漏れ、耳には心地良い川のせせらぎ、また遠方からは波が岩壁に当たる音が聞こえてくる。

麻衣はひとりで見知らぬ土地にいるにもかかわらず、心細さや怖さは感じない。むしろ安心感すら覚えた。

「気持ちいいところだなぁ……うん？　あれは？」

山林の前方に湯気のようなものが湧き上がっているのが見えた。興味を覚えた麻衣は、木々の間を抜け、その場所に向かう。するとそこには広い空間が広がっていた。

「うわぁ、心地いい！　あ、あれは……温泉だ！」

広場の奥には湯が溢れて湧き出している。どうやら湯気の正体はこの温泉だったらしい。

麻衣はテンションが上がり、湧き出る天然の温泉のもとへ走り寄った。そして透き通るようなお湯に手を入れると湯温も丁度良い。

「気持ちよさそう。入っちゃおうかな」

周囲には人の気配がないので、麻衣は大胆にも服を脱ぎ捨て、足からゆっくりと温泉に入り、そのまま肩までつかった。

「はあ〜、最高。こんなところにこんなに素晴らしいお湯が湧き出ているなんて……。これは私だけが独占しちゃもったいないな。いろんな人たちに味わってほしい」

麻衣は自分で言ったのにもかかわらず、自分ではない人間の発言が重なったような、得も言われぬ不思議な感覚を覚える。まるで誰かに自分が重なっているような感じだった。

次の瞬間、優し気な声が麻衣の脳裏に響いてきた。

『是非……そのようにしてくださいませ。これからも……』

「……え？」

麻衣は後ろを振り返る。しかし周囲には誰もいない。だが、そこには先ほどまではなかったはずの、鳥居と社が建っていた。

大きな鳥居と社は、柔らかな光に包まれているように見えた。麻衣は忽然と現れたその幻想的な風景に驚くことはなく、それがあることが当然のように笑顔で受け入れていた。

『この湯をもてなしの心と共に皆々に味わっていただき、安らぎの時を感じていただきましょう。それが私の力と喜びになるのですから』

「はい、きっとそうしましょう」

麻衣はまたしても自分とは違う存在を自分の中に感じながら、屈託のない笑顔で鳥居の間にいるなにかに、その決心を伝えたのだった。

『この湯をよろしくお願いします……』

「麻衣、麻衣！　早く起きないと点呼に間に合わないわよ！」

「あ……」

麻衣が目を覚ますと、すでに紅湯庭の和装の制服に着替えた海姫が、呆れた顔をして枕元に立っていた。麻衣はハッとして体を起こし時計を見ると時間は午前四時半、点呼は午前五時である

「ひゃー、まずい！　すぐに準備しなくちゃ！」

「もう、麻衣ったら。昨日、あのあとすぐに寝なかったの……うん？　ちょっと、麻衣！」

海姫は布団の中から跳び上がった麻衣を見て嘆息すると一転、怪訝な表情になって麻衣を見つめ直し大声を上げた。

「な、なに？　海姫ちゃん」

海姫は麻衣の左右の二の腕を摑み、真剣な顔で麻衣の全身を確認する。

「海姫ちゃん、ちょ、ちょっと時間が……」

「麻衣、寝ている間になにかあった？　それか不思議な夢でも見なかった？」

「……え？　夢？　そう言えば……でも、なんで？」

巫女でもある海姫は、真面目な顔で麻衣を正視する。

「麻衣からね、神気が漏れているの」

「!? しんき? しんきって……」

「神の気配の神気よ。麻衣、この旅館の怪現象と関連があるかもしれないから思い出して。ああ、でも時間がないわね。そうだ! 今日、みんなで集まる時までまとめておいて。麻衣が見たものを覚えている限り詳しくね。絵にしてもらえると、なおいいわ」

「う、うん」

絵は苦手だが海姫が真剣な顔で言うので麻衣は頷く。

「じゃあ、私は先に行っているわ。麻衣も急いでね」

「うん……って、ああ! 時間がぁ!」

麻衣は青ざめて寝巻を投げ捨てた。


伊達スタッフサービスの一行が紅湯庭にやってきて一週間が過ぎた。

麻衣たちはだんだん仕事に慣れてきて激務もなんとかこなしているが、この日は平日だったので週末に比べると幾分かマシではある。

宿泊客を迎えるにあたって一番大事なことは、宿泊客の時間管理であることが麻衣にはわかってきた。お客様を管理する、というと語弊があるが、宿泊客が紅湯庭に訪れてから帰るまでの間、食事、外出、温泉、アルコール、就寝、これらすべてがスムーズに行われること、麻衣はこれが基本ではないかと思いはじめていた。

そのためにスタッフは、宿泊客の行動を予測して、できる限り最高のサービス、おもてなしをする時間を作る。もちろん、これをすべての宿泊客に対して同時進行で行うのだ。

そして仲居は宿泊客との窓口になり、その仲居からの情報に基づき宿全体で宿泊客との最適な距離感を構築する。これが紅湯庭のモットーであり精神でもあった。

（本当にいい旅館だと思うなぁ……料金は高そうだけど）

「川伊地さん、大浴場の脱衣場の清掃が終わったら休憩に入っていいよ」

「はい、わかりました！　今、終わりましたので休憩に入ります」

麻衣は、休憩室として使われている地下のスタッフルームに行くと、携帯電話を取り出した。そして、冷歌からメンバー全員にメールが来ているのを確認する。

『今日の深夜十二時に、敷地内の日本庭園の北側の端にある東屋に集合してください』

麻衣は海姫から言われたとおり、今朝見た夢を思い出しながらメモや得意ではない絵を描こうとノートを取り出した。

（不思議な夢だったな……私に話しかけてきた声の主って誰なんだろう。それに最後の言葉……）

『この湯をお願いします……』

（あれは、私に言ったのか、私に重なっていた私ではない人に言ったのか……。ちょっとだけなにかを心配しているような、憂えているような感じがしたような……）

麻衣は覚えている限りのことをメモにしたあと、スタッフルームを出た。

……そのときである。

「キャーー!!」

廊下の左方向から女性の悲鳴が聞こえてきた。

「え!?」

(な、なに!? こっちね！)

麻衣は顔色を変える。恐怖心が湧き上がってくるが、放ってはおけない。悲鳴の方向に走り出しながら、すぐに携帯で全員に一斉メールを送り、悲鳴が聞こえたと思われる厨房に近い食材倉庫室の前に立った。扉のノブに手を伸ばしかけて、一瞬躊躇するが、勇気を出して扉を開け中に飛び込んだ。

「大丈夫ですか!? なにがありました!?」

「た、助けて！」

そこには先輩の従業員で麻衣と同じく仲居をしている女性が、情けない表情で床に尻もちをついている。周囲を見ると頭より高い位置にあった棚から落ちたらしい、ジャガイモやニンジンなどの食材が散乱していた。

「どうしたんですか!?」

麻衣は先輩従業員に駆け寄ると、彼女は体を震わせ青ざめた顔で説明する。

「と、突然、電気がチカチカしはじめたと思ったら、電気が消えて……そうしたら上から食材が大量に落ちてきて……ここには私しかいないのに」

たどたどしい説明を聞き、麻衣は表情が固まる。

(ポルターガイストみたいなもの？　こちらに来てから一週間、なにもなかったのに)

「怪我はありませんでしたか？」

「は、はい、ちょっと擦りむいただけで」

まもなく悲鳴を聞きつけた他の従業員たちや、厨房からは燈二も駆けつけてきた。

「どうかしたか!?」

中年の男性従業員が声をかけてくるが、後ろにいる数人の従業員たちは、違う表情を見せて小声で囁き合っている。

「また……こんなことが。怖い」

「最近、なかったのにね」

「嫌だ嫌だ……今日、私、宿直なのに……もう辞めたい」

麻衣はこのような会話を耳に入れながら、腰を抜かしている従業員に言った。

「念のため、医務室に行きましょう。立てますか？」

「は、はい」

「僕も手伝おう」

後ろの小さな人垣から燈二が割り込んできた。

麻衣と燈二は、被害に遭った従業員を医務室に連れていった。

医務室の外の廊下で麻衣が燈二に見たままを説明すると、燈二も眉を顰めた。

「そうか……川伊地が駆けつけたとき、なにかよからぬ気配は感じたか?」

「いえ……なにも」

「……ふむ。とりあえず、今は仕事に戻ろう。詳しくは今夜のミーティングで」

「はい、わかりました」

「念のため、今まで以上に周りに気を配れ。僕たちが来てから今までなにもなかったのに、突然、また怪現象が起きた。一旦、こういった現象が再発すると、立て続けに起きることがある。自分の手に余ると思ったら、すぐに僕か冷歌さんに連絡するように。携帯を持ち歩くのは禁止されているが、この際、仕方ないだろう。皆には僕から伝えておく」

「……はい」

燈二の不穏な言葉に麻衣は背筋が寒くなるが、表情を引き締めて頷いた。

そして……この燈二の予感は的中することになる。

まもなく、颯太や海姫から伊達スタッフサービスの面々に立て続けにメールが入った。

『布団部屋の大量の布団が突然舞い上がり、従業員がひとり埋もれてしまった』

『施設内レストランのガスコンロから巨大な炎が噴出してボヤ騒ぎが起きた』

『敷地内の庭園を整備中の庭師が木の上から落ちた』

『フロントの女性ひとりがいきなり倒れて意識を失っている』

次から次へと不審な現象が報告される。

そして、ついに麻衣もそのような不可思議な現象を目の当たりにする。

麻衣と共に本館と別館を繋ぐ二階の渡り廊下で、夕食の配膳をしていた女性従業員が突如、悲鳴を上げて料理が並んだトレイを放り投げて倒れたのだ。

「え!?　どうしました!?」

麻衣が驚いて走り寄ると、その女性従業員はひきつけを起こしたように、ガタガタと震えながら廊下の壁に設置されている大きな鏡を指さす。

麻衣は振り返り鏡を覗くと、ゾクッと悪寒が走った。

「……!?」

気のせいか、見間違いか、その大きな鏡の中を自分たち以外の人影が通りすぎて消えた……ように見えた。麻衣は顔色を変えてすぐに鏡の反対側、渡り廊下の窓側を振り返る。

そこには……誰もいない。

(今……なにか……横切った？)

一瞬だけ麻衣の視界に人影が入った。と言っても、見えたのは人ではない。それは巨軀で筋骨隆々のぼさぼさ髪をしたなにかだった。

「お、鬼が……鬼がこちらを睨んで……」

言葉を失っていた従業員が、喘ぐように言葉を絞り出した。

「鬼!?」

麻衣も恐怖に圧しつぶされそうになりながらも、二階の渡り廊下の窓の外を確認する。

夕暮れも深くなった空の下、眼下には綺麗に整備された日本庭園が広がっているだけでなにも怪しいところはない。

麻衣はとにかくこの件をメンバーに報告しなければと思った。

ほどなくして、この事件の場に冷歌が現れると高瀬も姿を現した。ふたりは麻衣から状況を聞き、高瀬は愕然としていたが、冷歌は鏡を入念に調べると右手を鏡に当てる。

「悪鬼外道退散《あっきげどうたいさん》……急急如律令《きゅうきゅうにょりつりょう》！」

冷歌がなにか呪文のようなものを唱えると、彼女の体や大きな鏡がフワッと光を放ったように見えた。

「とりあえず処置はしたわ」

冷歌は振り返り、呆然と冷歌を見つめることしかできていない高瀬に言う。

「高瀬さん、今日だけで九件の不可思議な現象が起きました。このような頻度で起きたことはありましたか？」

「い、いえ……ありません。今までは起きても一日に二件ほどでした。毎日、起きることもあれば、なにもない日もあります。ですがさすがに今日は異常だと私も思います」

この日は、まるで嫌がらせのように摩訶不思議な現象が頻発し、その度に冷歌や燈二らが駆けつけ、なんとか旅館の運営は続けられたが、根本的な解決には至っていない。

「また、なにかありましたのね？　高瀬さん」

麻衣たちが振り返ると、そこには外出先から帰ってきたらしい栄子が立っていた。

「栄子さん！　いや、これは……はい、そうです」

若女将はスッと近づいてきて鏡を覗き、反対側の窓の外を眺める。

「今日のことは報告ですべて聞きました。たった一日で以前の一ヶ月分ぐらいのおかしなことが起きました。悪戯にしてはずいぶんと度を越しています。紅湯庭を預かる者として看過できません」

「栄子さん！　やはりこれは悪戯などではなく……」

「悪戯でないのなら、なんだと言うのです？　もしかして、まだ高瀬は人ならざるものによる怪現象だと思っているのかしら？　馬鹿馬鹿しい！　さすがにこれでは宿の存続にも関わります。私も覚悟を決めねばなりませんね」

「栄子さん!?　それは……あいつらの提案を受けるということですか!?　待ってください！」

高瀬が栄子の含みのある言いように噛みつくが、栄子は高瀬を右手で制した。そして目を細め、このやり取りを黙って見つめていた麻衣と冷歌を見る。

「高瀬さんの紹介であなたたちが来てから、状況が悪化したようね。これは偶然なのかしら？」

「ええ!?」

「栄子さん！」

栄子からあからさまに疑われて、麻衣は驚く。

（なによ、これ。若女将は私たちが犯人だと思ってる？）

栄子はそれだけ言い、踵を返してその場から去っていった。

冷歌は栄子の後ろ姿を一瞥すると、高瀬に顔を向けた。

「高瀬さん、今日の深夜十二時に私たちはミーティングを開きたいと思っています。是非、高瀬さんにも参加してもらいたいのですか、いかがですか？」

「ミーティングですか」

「はい、私たちにもだんだんわかってきたことがあります。今後の対策を練っていきたいと思っていますので、そこには依頼主でもある高瀬さんがいてくださった方がいいかと」

「わかりました……伺います」

高瀬は頷き、麻衣たちは通常業務に戻っていった。

＊＊＊

「全員、揃ったわね。ミーティングをはじめましょう。高瀬さんも遅い時間にありがとうございます」

紅湯庭敷地内にある日本庭園の隅にある東屋で冷歌がまず声を発した。季節は五月下旬とはいえ、深夜十二時の外気は思ったよりも冷えていた。

「あれ？　伊達さんは？」

伊達スタッフサービスの長である炊亨がいないことに麻衣が気づき質問すると、冷歌がニッコリと笑う。

「炊亭には別の仕事を頼んでいるわ。まあ、しっかりと仕事をこなしたら戻ってくるでしょうから心配しないで、麻衣ちゃん」

（あ……これは伊達さん、冷歌さんに相当絞られたね。今頃、必死になって仕事をしてるんだろうな。当然だけど）

「では、みんなの意見を聞きましょうか。今回の怪現象だけど、なにか原因に迫るようなものに気づいたことはあるかしら？」

冷歌が伊達スタッフサービスの面々を見回すと、海姫がまず手を上げる。

「海姫ちゃん、言ってみて」

「原因に迫るというわけではないんだけど、今回……今日のことは、ちょっと違和感のようなものを覚えるの」

「それは？」

「簡単に言うと……これは霊の類ではないと思う。霊なら感度の高い麻衣や颯太がなにか感じるはずだし、私たちのような能力を持った人間たちが入ってきたら、途端に暴れてしっぽを出すか、警戒しておとなしくしているはず。じゃあ、なりを潜めたのかと思えば、今日のように暴れ出す。なんと言うか、霊にしてはパターンに当てはまらなさすぎる気がする」

「ふむ……そうね。それは私も思っていたわ」

「だから、最初は正直、人為的な悪戯ではないかとも思った。怪現象にしては内容が幼稚すぎるし、事故ととれなくもないし。それで私はこの紅湯庭に対してなにかしらの悪感情を抱いている人物、しかも複数の人間が関わっているんじゃないかって思って」

「そんな！　人為的な悪戯なんて考えられないです！　うちの職員の中にそんな人物はいません！　それに今日もそうでしたが、今まで起きた怪現象の中にはそれこそ、人がやるには説明のつかないものが多数あって、だから私はあなたたちに依頼を……！」

海姫の意見に高瀬が強く反論をするが、冷歌が静かに高瀬を宥める。

「落ち着いてください、高瀬さん。海姫ちゃん……最初は、って言ったわね。ということは今は違う意見ということかしら？」

「……うん」

高瀬は海姫が頷くのを見て驚いた表情になる。

「それは何故？」

「今日、倒れたフロントの人の話と麻衣が言っていた鏡に映った……鬼の存在。実はフロントの人も目を覚ました時に言っていたの。足を突然、摑まれて倒れてしまったって。それで、なにに摑まれたのかと聞いてみたら……」

「鬼……と言っていたのね？」

麻衣は冷歌の言葉を聞いて顔色を変えた。ここでも鬼という存在が出てくるとは思ってなかったのだ。

「それで……摑まれたという左足首を見せてもらったら……くっきりと手のあとが残っていたわ。あれは人が悪戯でできるものじゃない。一応、すぐに簡単な祈禱と浄化の塩で処置しておいたけど……本人は怯えちゃって。あれじゃ治っても、当分働くことができないかも」

高瀬は海姫の話を初めて聞いたので、かなり驚いたようだった。

「そ、そんな……彼女は僕にはそんなこと、なにも言わなかった」

「経営側にいる高瀬さんには言いづらかったのかもしれないわ。もし、上司に信じてもらえなかったとしたら、自分はどうしたらいいかわからないから」

「……そうかもしれません」

高瀬は、そのことまで頭が回っていなかったことを悔やむような表情を見せた。思えば、このようなおかしな現象を伝えてきたのは、高瀬もよく知っている古株や幹部ばかりだった。それでいて、皆、断定的な表現は避けていたことを思い出す。

(さすがのコミュニケーション能力……海姫ちゃん、恐ろしい子)

この子を前にしたら皆、思っていることをすべてしゃべってしまうのではないかとすら考えてしまう。

「麻衣ちゃんは見たのよね？　直接」

「あ、はい、冷歌さんが来る直前に。といっても、私はおとぎ話でしか鬼を知らないのでなんとも言えないんですけど……一瞬だけ鏡の中を過ぎ去る影を見ました」

「……鬼ね。そうなると……いろいろと」

「ちょ、ちょっと、いいですか？」

高瀬がここで口を挟んだ。

「はい、高瀬さん」

「鬼……というのが出てきたのは初めてだと思います。少なくとも今までの騒動では聞いていません。ですが、本当に鬼なるものが出てきたとしたら、いったい、なにが原因で？」

「まだ、わかりません」

「……！　あなたたちは特殊能力の持ち主なのではないんですか⁉　こういったことのスペシャリストでしょう？　それなのにまだわからないなんて！」

「高瀬さん、焦るのはわかりますが、もうちょっと待ってください。たしかに私たちは、この手のスペシャリストとしての能力を有しています。ですが、残念ながら万能ではありません。特に今回のような通常ではない現象は……私たちの視点で通常ではないという意味ですが、原因の予想を立てることが必要になるんです」

焦りを見せる高瀬に冷歌が丁寧に説明するが、高瀬の表情は麻衣から見ても明らかに納得がいかない様子だった。

「ですが、心配しないでください。いろいろわかってきたこともあります」

「え？」

高瀬は顔を上げて冷歌を見る。

「燈二君、どう？」

「そうですね、ひとつ確実なことがあります」

燈二の力強い言葉に麻衣は驚くが、一緒に仕事をした経験から、適当なことを言う人間ではないことはわかっている。また、優秀性にも疑いはない。

「結界を張っているにもかかわらず、怪現象が収まらない。ということは、原因は紅湯庭の敷地内にあるということです」

「!?」

それを聞くと麻衣や高瀬は驚愕の表情になるが、冷歌たちは納得したように頷いた。

「何故なら、あれはここに来た日に僕や冷歌さんが張った結界です。その後、破られた痕跡はない。ということは……」

「そうですね、結界はあくまで外から悪しきものが入るのを防ぐものですし」

颯太がそう付け加えると燈二は、眼鏡の位置を直し軽く頷く。

「そう、だからこそいろいろと絞れてくる」

「それはなんですか？　燈二さん」

「まずは海姫の言うとおり、霊の類が原因ではないだろう。もし紅湯庭そのものか先代の女将、もしくは若女将が他人から深い恨み、この場合、逆恨みでもいいが、それを受けたせいであるとすると、基本は厄介な生霊が原因になるがそれはない。そんな単純なものであれば、この中の誰かしらが感じ取ることができるし、僕だけでもすぐに解決できる。まあ、生霊を送り込んだ人物に会って話し合う必要はあるが」

燈二は話を続ける。

「そこでだ。結界は外から悪しきものが入るのは防ぐことができるが、何者かによって持ち込まれた場合は、防ぎようがないということだ」

「……え？　燈二さん、それはどういう意味ですか？」

颯太は一瞬、燈二の言うことが理解できずに聞き返す。海姫も燈二に顔を向ける。颯太の質問は麻衣の疑問でもあった。ただ、ひとり冷歌だけは眉根を寄せて目を細める。

「つまり悪しきものを発する人物、もしくは物があったとしよう。それらが紅湯庭の外でなにかしらの邪気を発しても結界が防いでくれる。だが、これらが敷地内に入る、もしくは持ち込まれて、中で暴れるようなことがあれば、今日のような怪現象を抑えることはできない、ということだ」

「……悪しきものを発する人物？　でも、生霊ではないんですよね？　それじゃなにが外から中に？」

海姫が首を傾げると、燈二はまた眼鏡の位置を直した。

「たとえば呪術等の術がかけられた道具……もしくは術師本人だ」

「呪術!?」

「そ、そんなものを、いったい誰が!?」

海姫と颯太は、思ってもみなかった燈二の話に驚愕して目を剥《む》く。麻衣はまるで映画や漫画の話のようで、にわかについていけなかったが、驚いたのはたしかだ。

「まあ、待て。僕は可能性の話をしているだけだ。可能性という意味ではもうひとつ考えられる。今、わかっていることだけで考えられるのは、このふたつだろう」

「もうひとつは土地神ですね」

「そうだ。最初に言ったが原因は敷地内にある。そう考えれば、この土地に根差す土地神を怒らせた可能性もある。土地を守護する土地神の意に反することを先代の女将、あるいは若女将がしたか、従業員や宿泊客が意図的、または知らずに土地神の宿る象徴的なものに失礼を働き、そしていまだにそれが改善されていないか、だ。土地神のような高位の存在は、起こす事象でなにかを伝えてくる。また、霊と違い、その場にわかりやすい思念や証拠を残さないから、僕らでも現象だけしかわからない。それを直に感じ取れるのは、適性があり訓練された巫女だろうが、海姫はその分野は得意じゃなかったな」

「うん、私は誘い、お鎮めするのは得意だけど、神を降ろしたり啓示を受けるのは苦手」

燈二の説明を高瀬も黙って聞いている。いろいろな可能性を探っているのかもしれない。

「となると……突然、半年前あたりから怪現象が起きはじめたという点に、今回の原因の答えがあるだろう」

「……半年前」

燈二の話に高瀬が小さな声で呟く。この高瀬の表情の変化を冷歌は見逃さない。

「……高瀬さん、なにか心当たりでも？　半年前になにかありましたでしょうか？」

「あ、いえ……怪現象の原因になるようなものまでは」

高瀬は若干遠回しな言い方をするな、と麻衣は感じた。

「たしか、先代の女将が入院したのも半年前ですよね」

「はい……」

「病名はわかっているんですか？」

「実は……具体的な病名は私も知らないのです。栄子さんはなにも語らないので、こちらから根掘り葉掘り聞くのは失礼かもと思いまして。ただ、わかっているのは病状が非常に悪く、意識もはっきりしていないということだけです」

俯きながら話す高瀬を見ながら、冷歌は燈二に目配せをした。

「そうですか。それでは高瀬さん、この敷地内で祀っている社や祠《ほこら》はないですか？」

「……あります。女将たちが先祖代々祀っている祠が。ですが……従業員や宿泊客がなにかしたとは考えにくいです。あまり人の行くところではないですし、私は定期的に清掃も兼ねて訪れていますが、なにか変なことが行われている形跡はありません」

「ふむ……」

ここで海姫が思い出したように声を上げた。

「あ！　そういえば麻衣、夢の話！」

そこにいる全員の視線が麻衣に集中する。

「……夢？　麻衣ちゃん、なにか見たの？」

「あ、はい。この件に関係するかどうかはわからないですが」

麻衣は事前に用意していたメモや絵を取り出しながら、今朝見た夢の内容を説明する。

「それは……この土地に住まう土地神のものかもしれないわね、麻衣ちゃん」

冷歌は麻衣の話を聞きながら、感心したように言う。他のメンバーも同様に、麻衣の話に驚きを隠さない。

「私もそう思うわ！　麻衣が朝、目を覚ました時、ほんのわずかではあったけど神気を感じたもの」

「すごい……来て間もないのに、なんの手順も踏まずに土地の神と交信するなんて」

自分がなにかをしたという自覚はないので、周囲の賞賛交じりの反応に麻衣は戸惑う。

「おそらく、川伊地の横に海姫がいたことも関係しているのだろう。だから感応力、共感力の高い麻衣に、コンタクトを取ってきたのかもしれない。ただ……それにはなにか理由があるはずだ。夢の中でその声の主はなにか言っていなかったか？」

燈二に尋ねられ、麻衣はメモを見ながら思い出す。

「そういえば……最後に、この湯をお願いします、って言ってました」

「……」

一堂はそれぞれ複雑な表情になる。しばらくして冷歌が話をまとめた。

「もう遅いわ、今夜はこれで終わりましょう。とりあえずこれからは燈二君の言うようにふたつの情報収集に絞るわ。ひとつは敷地内の調査。特に土地神のご不興を買った可能性を探す。もうひとつは外から中に来たというものだけど……こちらは私たちでは特定が難しい。それは一旦、置いておきましょう。普通に考えれば可能性も押しなべて低いと言えるしね。ただ、完全に無視するというわけにもいかない」

冷歌の指示に皆、頷く。

「高瀬さん」

「はい、なんでしょう？」

「高瀬さんには、この被害が起きはじめた半年前の詳しい状況や気づいたこと。また、できればでいいのですが、怪現象発生前後の宿泊客や従業員のシフト、旅館に立ち入った業者に共通点がないか、調べていただけないでしょうか？　大変だとは思うのですが」

「いえ、それらはすぐにパソコンで調べられますので、大丈夫です。怪現象の起きた日も業務日誌ですぐにわかりますから」

「ありがとうございます。では解散しましょう。明日も早いわよ」

こうして全員、宿泊施設に戻っていった。

＊＊＊

ミーティングの次の日、相変わらず忙しい通常業務をこなしながら、麻衣はほかの従業員たちとタイミングを計りつつ、コミュニケーションを取っていった。皆、それまでは避けていたようだが、少し打ち解けるとすぐに怪現象について語り出した。紅湯庭の従業員の最大の関心事でもあるからだろう。

「川伊地さんも大変なところに来たわねぇ。私も、ほかの仕事を探したいと思っているんだけど、ここは給料がいいから」

「こんな状況じゃ、安心して働けねーよ。あんたは若いんだから、とっととほかの仕事を探した方がいいぞ」

と、皆、怪現象のために働く意欲が下がっているのがよくわかった。これを聞いたら若女将ももっと真剣に考えるだろうと麻衣は思う。

栄子は先代の女将である母親の容態が悪いのか、最近は足しげく病院に通っており、この状況をどこまで把握しているのか麻衣にもわからない。

（こんな状況で、お母さんの看病もしなくてはならないなんて、若女将も大変だよ）

若女将に良い印象を持っていない麻衣でも、さすがに同情してしまう。

そんな中、偶然、休憩が一緒になった古株の仲居から気になる話を聞いた。

「こんな状況だけど、紅湯庭に買収の話が持ち上がっているらしいよ。若女将はひょっとしたら、ここを売り飛ばしてしまうかもしれないねぇ」

「え!?　そうなんですか？」

「ああ、そうとも。若女将は紅湯庭を継ぐのを嫌がってねぇ、大学を出ても帰ってこずに、東京の大きな会社に就職しちまったのさ。ところが先代の女将が倒れちゃっただろう？　それで無理矢理周囲が説得して戻ってきたってわけ。私らに愛想がないのも、そのためだろうね」

「はあ……そうなんですか」

　すると、その仲居は声を潜めて麻衣に顔を近づけてくる。

「それでいて今、紅湯庭は変なことばかり起こるだろう？　おかげでみんな辞めちまって、宿の運営もギリギリだよ。だから、噂が立っているのさ。若女将がここのお湯神様に嫌われてるせいで、おかしなことが起きるってね」

「お湯神様……？」

「ああ、ここで志津野家が先祖代々、祀っている神様さ。庭の池の向こうに祠があるよ。まあさ、この状況で買収話だろう？　若女将にしてみれば願ったり叶ったりだろう。相手は大手のＪＳＣとかいうリゾート開発の会社らしいし、噂では政治家も絡んでいるって話だよ」

　一度、話しはじめたら止まらない仲居に麻衣は気圧されるが、貴重な情報がどんどん入ってくるので、黙って話を聞くことにした。

　ＪＳＣとはＪＡＰＡＮ　ＳＵＰＥＲＩＯＲ　ＣＬＵＢの略で、数年前から先進的なデザインのリゾートホテルや、会員制の高級宿泊施設などを展開している、勢いのあるリゾート資本だ。ここ数年は、それに加えて人気のある老舗旅館や、有名な温泉街で立地の良いホテルなどを積極的に買収し、設備や建屋に手を加えてグループ化もすすめている。

「あ、ＪＳＣって思い出しました！　女性の間で大人気の〝月明かりリゾート〟っていうブランドを展開しているところだ！　超有名ですよ」

「そうかい、そんなに有名だったんだねぇ。ということは、あんたら高瀬の勇ちゃんと仲がいいみたいだけど、それはなかなか、運がいいよ」

「え？　なんでですか？」

「なんだい、知らなかったのかい？　そのリゾート開発会社と買収の話をつけてきたのは、勇ちゃんの父親の洋平さんなのさ。先代の女将の時はここで番頭をしていた男でね。買収に反対する女将と揉めて、ここをいち早く辞めていっちまった。息子の勇ちゃんも一緒に辞めるのかと思ったら、勇ちゃんの方は何故かここに残ったけどね」

「そんなこと全然、知らなかったです……」

「まあ、だからさ、勇ちゃんとコネを作っておけば、買収されてもそのまま大手リゾートの社員になれるさ。その後洋平さんはそのリゾート開発会社に再就職して今じゃけっこう上の地位にいるらしい。年寄りのあたしには関係のない話だけどね。あ、今日もリゾート開発会社の人間たちが、若女将に会いに来てたみたいよ。そろそろ、この話も決まるかもしれないねぇ。あたしとしちゃ、寂しい限りだが……」

　騒がしい休憩時間が終わり、麻衣は通常業務に戻りつつ手に入れた情報を整理してみた。

（もしかすると、初めて来たときに若女将の部屋から出てきた、あのスーツ姿の集団はリ

ゾート開発会社の人たちだったのかもしれない）

その時、ふと麻衣の歩く三階廊下の窓から、中庭に集まる数人のスーツ姿の一団が目に入った。

（あ！　あれは、リゾート開発会社の人たち？）

窓に近寄って見下ろした麻衣は、以前にオーナー室のドアですれ違った男たちに間違いないと確信した。まもなく、その中のひとりが一団から離れ、中庭の池の奥に消えていく。

遠目ではあったが、麻衣はその男がすれ違った際に悪寒を感じた人間ではないかと思う。

（あれはとても怖い感じを受けた人だ……どこに行くんだろう）

麻衣は眉を顰め、あとで冷歌たちにこのことを報告しようと決めて、頼まれていた大量のシーツなどの洗濯物を再び持ち上げた。

「なかなか、しぶといですね、洋平さん。あの若女将がこんなに粘るとは予想外です。昨日の騒動が効いてなかったようですね」

まるで勤勉な銀行マンのような風貌の男は、紅湯庭の売りの美しい日本庭園を眺めながら呟く。スーツはブランド物で決して安価なものではない。

「いやいや、もうすぐでしょう、駒田君。たしかにこんなに粘られるのは予想外でしたが、先代の頑固女将に比べればたいしたことありません。私もこの紅湯庭に籍を置いていたからわかりますが、今の人員ではそう長くはもたない。それにもうすぐ夏の繁忙期です。そうすればさすがにあの小娘も音を上げますよ。旅館の経営も素人で人望もない。それでこの騒ぎだ。今までよくもったというところです」

　高瀬洋平は目をギラつかせ、笑みをもらしながら大きな腹を揺らした。駒田と呼ばれた男は視線を洋平に向けて苦笑する。

「ふふふ、あなたも怖い人ですね。まあ、こちらとしては根強い人気のある紅湯庭を傘下に入れられるだけで、メリットがあります。我がJSCのブランド力も上がりますしね」

「見ていてください。今日から潮目は変わるでしょう。おそらく近日中に、あの小娘は私たちに泣きついて来る。そのあとは……」

「はい、紅湯庭は洋平さんにお任せしますよ。しっかり稼いでください。ですが、あまりやりすぎないでくださいよ。せっかくここが手に入っても、傷物にされては客からの評判が落ちて、旨味がなくなりますからね。それはJSCの本意ではないです」

「わかっています。ですから、すでにいろいろと仕込んでおきました」

「ふふ、あのような人種が本当にいるとは、正直私も知りませんでした。どおりでJSCが短期間に数々の有名旅館を傘下に入れられたわけですね。おっと、これは失言でした。我が社の先輩方の不断の努力の賜物でしたね」

「もう、あの小娘に打つ手はないでしょう。どこにも頼れませんし、なによりもこの現代社会でそんなオカルト話を信じる人などいない。笑いものになるだけです、私らの網を逃れた小さな人材派遣会社から、従業員を少しばかり派遣してもらったようだが、焼け石に言うと、洋平と連れだってその場所をあとにした。

「そうでしょうね。お、帰ってきました。では、我らも帰って吉報を待ちましょうか」

駒田は、青白い肌の顔色の悪い男が、庭園の反対側の茂みから姿を現したのを見てそう

水だ。すぐにそいつらも逃げ出します」

夕方になり、宿泊客が外出先から続々と戻ってくると、これに合わせたように麻衣たちは忙しくなる。それは夕食の準備がはじまるからだ。ギリギリの人員で回している紅湯庭では、食事時は戦場になる。

だがこの日の忙しさの理由はそれだけではなかった。

前日も多数の怪現象があったが、翌日は状況がさらに悪化し、暴力的な様相を帯びてきた。だから麻衣たちも従業員たちも、それまでとは比べ物にならないほどの恐怖を抱えながら働いていたのだ。

廊下の窓ガラスが同時に七枚も割れて飛び散ったり、厨房の大量の鍋や包丁が飛び上がって板前たちに襲い掛かったり、調度品として置かれている身の丈ほどの鉄製の壺が倒れて従業員に向かって転がってきた。

それらの現象は近くにいた燈二や海姫、颯太によって収められたのだが、ひとつ間違えればどれも重大な事故に繋がりかねないものだった。

特にひどかったのは、昼前に朝食の会場になっている大広間に、凶悪な姿をした鬼のよ

うな化け物が姿を現したことだ。そこで片づけや清掃をしていた従業員たちは、突如現れた鬼を目の当たりにして腰を抜かしてしまう。

なんとか逃げ出そうとするが、襖はすべて閉まり、開けることができない。鬼は咆哮《ほうこう》を上げると、鋭い牙を見せつつ従業員たちにゆっくりと近づいて来る。

腹に響く獣のような咆哮が大広間の外にも聞こえてきて、異変に気づいた女性が悲鳴を上げたので、運よくすぐ近くにいた冷歌が駆けつけた。

「あなたは下がって！」

冷歌はそう言って襖の前で五芒星《ごぼうせい》を描くように右手を振り、なにかを唱えるとそれまでビクともしなかった襖が開いた。中に飛び込んだ冷歌が目にしたものは、その瞬間まさに従業員たちを襲わんとする巨軀の鬼、異形の化け物だった。

「みんな私の後ろに！　ハァア！」

冷歌は顔色を変えずに従業員の前に立ち、この鬼に向かって懐から出したお札を放った。するとお札は鬼の額に張り付き、光を発したかと思うと鬼は苦し気に悶え、最後は断末魔の叫びと共に塵となって消えた。

呆然とこれを見つめる従業員たちと、騒ぎを聞き駆けつけてきた高瀬は絶句している。

冷歌は塵となった鬼がいた畳に手を当てて検分した。

「ずいぶんと乱暴になってきたわね……。これじゃ私たちの正体を隠しておくのが難しくなってきたわ……うん？　これは……」

冷歌は畳の上に落ちている和紙の破片を摘まみ上げると、鋭い目でそれを見つめた。

この一件はすぐに対処したおかげで、事態はすぐに鎮静化したが、当然この奇怪な事件の噂はすぐに広まった。

そして……ついに最悪の事態が起こってしまう。

この日、怪現象が宿泊客にも牙を剥きはじめたのだ。

紅湯庭の夕食は通常、部屋食と個室型の和食レストランにわかれている。だが、その日は数家族が一緒の十五人ほどの団体客が訪れており、彼らのために二十畳の和室を解放し、そこで夕食をとってもらうことになっていた。

怪現象はそこで起きてしまった。

麻衣はこの団体客の担当のひとりとして夕食の配膳やアルコールの提供を手伝っていた。

「稲取漁港から直送してもらっています、金目鯛の煮つけになります」

マニュアルどおりに料理の説明をし、皿をそれぞれの宿泊客の前に並べていく。

「わあ、大きな魚！　すごい！」

「ほら！　ご飯のときはちゃんと座りなさい！」

団体客の中には小さな子供もおり、広い座敷に興奮して、食事中でも部屋中を走り回ったりしてはしゃいでいた。麻衣は子供たちの素直な喜びようを見て微笑み、次の料理の準備のために立ち上がる。

その時……ひとり、窓際からつま先を立てて外を眺めていた五歳ぐらいの男の子が妙なことを言った。

「ママー、窓から誰かこっち見てるよ」

「なにを言っているの？　ここは一階でも外は崖よ。そんなところから誰かがこっちを見ているなんてあるわけないでしょ。いいから、ちゃんと座って食べなさい」

「だってー、いるもん。ほら、すごい大きい人」

「もう……」

母親は言うことを聞かない我が子に嘆息して立ち上がり、子供をテーブルまで戻そうとしながら一応、窓の外にも顔を向ける。この和室は庭園の反対側にあり、崖になっている海岸線に向かっているため、この場所から見えるのは夜の海だけだ。

そのはずであったが……。

「……ヒッ!!」

母親があまりの恐怖に上擦った裏声を上げる。談笑していた他の大人たちも何事かと窓の方に顔を向けると……説明しがたいなにかが皆の視界に入った。

部屋から出ようとしていた麻衣は、背後に異様な空気を感じ取り振り向くと、驚きと恐怖で硬直してしまった。

外には窓からはみ出すほどの大きさの顔があり、食事中の部屋内を覗き込んでいる。その顔は異様に彫りが深く、左右に広がる大きな鼻に裂けるような口、そして上唇からは長く頑丈そうな牙が二本、顎にまで達するほどに伸びていた。

大人たちは一様に固まり、ある者は箸を落とし、ある者はビールをグラスからこぼした。

すると……その化け物の目がギロリと、目の前にいる子供とその母親に向けられる。

「イ……キャアーーーー!!」

母親が子供を抱きしめ悲鳴を上げた。子供たちは泣きわめき、大人たちは混乱とあまりのおぞましさに動けない。麻衣も同様に固まって、この鬼を呆然と見つめてしまう。

(あ……ああ、な、なんなの、あれは。あんなのも……オカルト現象? これも私がどうにかしなくちゃいけないの?)

麻衣は無力感のようなものに包まれていくのを感じた。なにもしていないのに目が潤みはじめる。本来ならすぐに冷歌や燈二に連絡をしなければいけないのに、目の前のあまりに異常な化け物の姿は麻衣の心を弱らせ、ただ恐怖と後悔が湧き上がってくる。

(私は……自分に霊感なんかない方がいいとずっと思ってたのに、ただ霊感が強いってだけでこの会社に登録させられて、こんなに怖い目に遭って……それでも私にはなにもできることはなくて……)

『この宿を……この湯を守ってください』

「え!?」

その時、麻衣の頭の中にどこかで聞いた優し気な声が響く。麻衣はハッとして空耳だろうかと、混乱中の部屋の中を見回す。

（こ、この声は夢の中で聞いた……でも、なんだか苦しそうに）

この時、休憩室で一緒になった古株の従業員から聞いたことを思い出す。

「これはお湯神様……なの？」

そう考えると、何故か麻衣の目に徐々に力が戻っていく。

空耳か幻聴かもしれないが、この声を聞いた途端に夢の中の幻想的な風景の中、お湯が地面からとりとめもなくあふれ出していた光景が、麻衣の脳裏に浮かび上がったのだ。

（あの夢の中の声は、やっぱりお湯神様だったんだ）

お湯神様は『この湯をもてなしの心と共に皆々に味わっていただき、安らぎの時を感じていただきましょう。それが私の力と喜びになるのですから』と言っていた。

それなのに今、この旅館の状況は……。

（こんなの違う。ここはこんな怖い目に遭う場所じゃない！　訪れた人にお湯を楽しんで安らいでもらうようにと、望まれた土地なのに）

麻衣は部屋の中央に一歩足を踏み出した。

すると、窓の外の巨大な鬼が窓に向かって拳を突き出そうと、手を振り上げたのが見えた。

「危ない！」

麻衣は咄嗟に走り出した。正直、怖い、怖すぎる。近づいたところで、自分になにができるかわからない。

しかし、お客の中には子供もいるのだ。

「皆さん、逃げてください!!」

麻衣は自分を奮い立たせてお客に避難を指示しつつ、窓から最も近いところで蹲《うずくま》っている母と子供のところに行き、上からふたりを守るように覆いかぶさった。

直後、窓ガラスが吹き飛び粉々になる音と大人たちの悲鳴が聞こえ、麻衣の背中にガラスの破片が雨のように降り注ぐ。

「……っ!?」

麻衣は鋭い痛みに顔を歪ませる。落ちてきたガラスの大きな破片が麻衣の作業着を切り裂き、背中にまで達した。

麻衣は歯を食いしばると、自分の下にいる母親と子供に声をかける。

「さあ、今のうちに逃げてください」

「は、はい!」

母親は震えながら頷き、子供を抱きかかえて立ち上がる。他の人たちも子供を抱え、同様に逃げ出す。

麻衣は振り返り、自分の身の丈と同じくらいの大きさの顔を持つ鬼と目を合わせた。

恐怖はある。だが、麻衣は先ほどのように自分を見失うようなことはない。

鬼がもう一度、手を振り上げたのが見えた。今度は直接、鬼の拳が部屋の中に入ってくるだろう。麻衣も逃げたいが、まだ客たちが全員、逃げ切れていない。この状況で自分も出口に向かえば、客を巻き込む大惨事になるかもしれない。

麻衣は今、人生で初めて命の危機を感じるピンチを迎えているにもかかわらず、自分でも不思議なくらい冷静だった。

「……!?」

麻衣はふと、巨大な鬼から邪悪で恣意的な波動を感じて眉を上げた。この紅湯庭に来てから何度かオカルト現象に遭遇しているが、こんな波動は感じなかった。ところが今、この鬼からは邪《よこしま》な考えを持つ人間の意思のようなものが、はっきりと伝わってきたのだ。

麻衣は目を見開き、何故か自然と頭に浮かんだ孔雀明王の真言を静かに唱えた。

「……オン　マユラ　キランディ　ソワカ」

これは炊亨から毎日、唱えるようにと言われていたものだ。

炊亨に渡されたノートにはこう記されてあった。

毒蛇や蠍《さそり》をも糧にする孔雀。孔雀は毒を喰らっているにもかかわらず美しい羽を伸ばす。

それは人の邪念や煩悩、罪を喰らい、昇華して人を苦しみや災いから解放することを意味するのだ、と。さらにそこには、炊亨なりの解釈も追記されていた。

『僕が思うに孔雀明王の言わんとするところは、人間は失敗するし、楽がしたくてズルもすれば、ときには他人を妬むこともあるよね。それはある意味、人間らしいとも言えるけど、度を越せば人生における毒にもなる。そういった負の感情に囚われて自分も自分以外も認めない、他人を蹴落としたい、自分の言うことをきかせたい、自分だけは甘えさせてほしいなどなど、そういう思考や心は、人生の毒となって体を巡っていく。こうなっちゃったら、なにをしてもまず成功はしないよね。だけど孔雀明王は、これらの毒を喰らいつくして美しくなっている。ということは、人間の持つ失敗の元凶を喰らって……言い換えれば、失敗や欠点を喰うことが、転じて成功に導かれるということを言っているんじゃないかな。孔雀明王は明王の中でも慈愛に満ちた顔をしているんだよ。だからきっとこんな感じさ。『失敗や欠点、悪しき欲望や怒りと愚痴は全部食べて消化しちゃうのよ。それで自分の血となり肉として力をつけて、次を頑張れば、きっと良いことがあるわよん』ってね。あ、ちなみに消化と昇華をかけているから、てへ（笑）』

あなたがそれを言うか……と、読んだ時にはいろいろと言いたいことはあったが、麻衣はこの孔雀明王の真言の存在を知ることができてよかったと、今では思っている。

宗教的教義とか信教の問題ではない。炊亨の解釈のせいもあるが、ひとつの考え方として、非常にポジティブなものだと思ったからだ。

そしてこの鬼……。

鬼は存在自体、怪異だ。オカルト現象に間違いない。だが、今の麻衣にはこれは人間の持つ闇の側面そのものに見えた。人間が持つ毒……欲望や妬みのようなものが感じられるのだ。だからこそ、怪現象と孔雀明王の真言が麻衣の中でリンクした。

真言を唱えると胸の中心辺りが熱くなり、麻衣の周囲に温かい風がそよぐ。課題だと思い、毎日欠かさず唱えてきた真言が、今この瞬間に一番しっくりきた。

そこに鬼の巨大な拳が迫った。物理的にも質量的にも、これに襲われたら果たして自分はどうなるかわからない。それは圧倒的で、暴力的で、そして自分勝手で一方的な主張だ。他者を押しのけようとする我の塊。

「オン　マユラ　キランディ　ソワカ！」

鬼の理不尽とも思える拳が麻衣に接触する刹那、もう一度、孔雀明王の真言を唱える。

「……!?」

すると鬼の拳と腕が、麻衣の体の直前でまるで麻衣に吸い込まれていくかのように霧散していく。霧散は腕にとどまらず、窓の外にある体にまで伝播し、鬼は唸り声のような断末魔の叫びを上げた。

最後には頭部も霧散し、巨大な鬼は完全に消えていなくなった。

「麻衣ちゃん！」

「麻衣！　大丈夫!?　無事!?」

直後、異変を感じ取った冷歌と海姫が部屋に飛び込んできた。背中に怪我を負いながらも堂々と立っている麻衣を見つけると、冷歌は驚きに目を見張り麻衣の体を支える。

「あ……冷歌さん、海姫ちゃん」

麻衣はふたりに今、気づいたように言うと極度の疲労を感じて体を冷歌に預けた。

「海姫ちゃん、医務室に連れていくわよ！」

「はい！」

体を預けて俯く麻衣の耳に、ふたりのやり取りが聞こえてきた。

「あはは、大丈夫ですよ、冷歌さん。気分はむしろ良いんです。ただ、疲れただけで……」

『……ありがとうございます』

麻衣は、またあの夢の優し気な声を聞いた気がした。だがやはり、どこか苦しそうに感じられることに違和感を覚えるが、極度の疲労感には抗えず麻衣は目を閉じた。


紅湯庭から北北東に五キロほど、国道から外れて小さな山道に入ったところに小さな小屋があり、そこには七ヶ月ほど前からひとりの男が住み着いていた。

近隣の集落から離れているので、このようなところに小屋が立てられ、ましてや人が住んでいるなどということは誰も知らない。

小屋の中は新しい畳が敷かれているが狭く、最低限の生活用品以外はなにもない。部屋の中央には、しめ縄で囲われた護摩壇のようなものが設置されていた。

その前に青白い肌の顔色の悪い男が座り、その瞬間驚きに目を見開いた。

「な、何者だ……この式神たちをいともたやすく……。それだけの力がある者が偶然、宿泊客の中にいたというのか？」

男の顔には明確に焦りの色が見える。

「初手で送った式神が消されたことにも驚いたが、今送った式神を……」

男は言葉を切ると、青白い顔をわずかながら紅潮させて拳を握った。

「まさか喰らったとでもいうのか!?　あり得んぞ、あり得んことだ！　いったい、どれほどの術者がいるというのだ！」

紅湯庭に今まで多くの怪現象を起こしてきたのは、その男だった。紅湯庭はいつかは対策を講じてくるとは思っていた。

対策といっても、あやしげな自称霊能者でも連れてくる程度だろうと推測していた。その程度の能力者では、自分の相手にもならない。

ところが、なのだ。動きが見えたのは十日ほど前。まず、予想を超えた強力な結界を張られ、外からの攻撃を遮断された。そのため数日の間、手が出せなくなってしまった。

それで、仕方なく敷地内に赴いて細工を施してきたのだ。

「あれは俺の持つ式神の中でも強力な鬼……」

男は臍《ほぞ》を噛み、眉間に皺を寄せる。

「ぬう、仕方あるまい……ここで退いては今後の仕事にも影響が出る。ここまではしたくなかったが……」

そう言って上着の懐に手を入れると、男は人型を象った二枚の和紙を取り出した。それぞれの頭の部分に一文字ずつ〔前〕〔後〕と記されている。

「依頼主には少々迷惑をかけるかもしれないが、標的は相手の術者に変更といくか。死んでも恨まんでくれよ……これも仕事なのでね。お前らもそうであろうが、こちらも舐められたらそこまでの商売。同業なら恨みっこなしだ」

男は目に力を込めて根暗な笑みをこぼし、しめ縄の前に座って瞑想をはじめた。

＊＊＊

この日の深夜、麻衣たちの部屋に伊達スタッフサービスのメンバーが集合し、今回の怪現象に関するそれぞれの考察を話し合うことになった。

「麻衣ちゃん、怪我は大丈夫？　やっぱり病院に行った方が……」

「いえ、大丈夫です。それに今日みたいなことが起きはじめたことを思うと、今はここを離れる気になれない……ですから」

「ちょっと麻衣。あんまり無理しないでいいわよ。なにかあったら私を頼りなさい」

「あはは、ありがとう、海姫ちゃん」

海姫が心配そうに声をかけてくる。麻衣は年下の海姫の言いように乾いた笑いを見せつつも、内心では感謝した。すると冷歌が目を細めて言った。

「本当に……素敵な子ね、あなたは」

「え？」

「なんでもないわ。みんな、今日は大変だったわね。紅湯庭も大混乱よ。事態は深刻を極めていると言ってもいいわ。私たちも悠長にしてはいられなくなった。このあと、炊亭から連絡がくる予定で、いろいろとわかると思うからそれまで待っててね」

「伊達さんから？　そういえば、途中から全然、姿を見てないですけど」

「ええ、麻衣ちゃん、炊亨には旅館の内と外で動いてもらってるの。適当な人間だけど顔だけは広いから、なにか摑んでくると思うわ。今回の鬼のことについても調べると言っていたから、なにかしらの答えが出るはずよ。だからそれまでは申し訳ないけど、踏ん張ってほしいの」

(伊達さんは一応……遊んでいるわけじゃなかったのね)

「みんなもなにか気づいたことや意見はある？」

するとと颯太から意見が上がった。

「ちょっといいですか？　今日のことで思ったのですが、敷地に結界を張っているにもかかわらず、怪現象が次々に起こるということは、やはり土地神がなんらかの理由で怒り、祟りを起こしている可能性はないでしょうか？」

「ふむ……颯太君、何故そう思うの？」

「実は今日、怪現象の現場で数回、神気を感じたんです。ただ……その時に感じたオーラの色は青と黒に近い赤でした。たぶんこれは悲しみや寂しさ、それに怒りの混じったものだと思います。あと……苦しさ？　みたいなものもありました」

颯太の意見に海姫は頷いた。

「あ、私も神気は感じたわ。ただ、以前に麻衣から感じたものとは、雰囲気が変わっていた……。なんと言うか、颯太の言うようにどこか苦し気で不機嫌なものだったわ。ただ、怒りを露わにしているかといえば……ちょっとそれとも違ってわかりづらい感じだった」

「今日の怪現象はひどく直接的で暴力的でした。それで僕も感じ取れたのかもしれないです。今回、騒ぎを起こした鬼は、ひょっとすると神の怒りの意識を具現化して出てきたんじゃないでしょうか。だから提案ですけど、土地神様を祀っている祠に行って、詳しく調査をしてみてはどうですか？」

「ふむ……燈二君はどう？」

「その可能性はないとは言えません。ただ、今の時点では断定はできませんね。祠の調査に反対はしませんが、今のメンバー構成から考えると海姫が誘い、川伊地が受ける、ということになります。これは麻衣の経験値や怪我の状況を考えると、かなり危険だ」

「ああ、それは考えてなかったわ。私は自分への神降ろしが苦手だから、麻衣の力を借りなければいけないもんね。それに怒ってもいない神様を鎮めようとしたら、無礼だと逆に怒られてしまうかもしれないし」

「……わかったわ。とりあえず明日の朝には、炊亭の情報も含めてみんなに連絡するから待ってて。私もいろいろとわかってきているけど、みんなと同じで確証がないの。でも、もうこれ以上は待てないから、明日の朝に指針を立てるわ。それと今のところ治まっているけど、またなにが起きるかわからない。みんなも休める時にしっかりと休んでいてちょうだい」

冷歌の指示に全員頷くと、自室や仕事場に帰っていった。

海姫は夜のシフトが入っていたので、麻衣は部屋にひとり残された。

布団に横になって天井を見つめ、颯太と海姫の意見を思い出す。するとなにか言いようのない違和感を覚えた。

（お湯神様の怒り……？　それはなにかが違う気がする。ううん、違うの。だって、お湯神様はこの紅湯庭を愛していたもの）

麻衣は勢いよく立ち上がった。

「……っつ」

背中の傷が痛む。だが、麻衣は、自分の中に起きたなんとも言えない不思議な感覚と、紅湯庭の状況が悪化していることが気になり、ジッとしていることができなかった。

麻衣は外に出ると、あの古株の仲居に聞いたお湯神の祠のほうに向かった。

（絶対にお湯神様は怒っていない。いえ、むしろこの紅湯庭を守ろうとしていた。だったらいったい、なにから守ろうとしてたの？　それにあの時……巨大な鬼に襲われたとき、夢のときと違ってすごく苦しそうな声を出していた）

麻衣は日本庭園の中にある池を通りすぎ、その奥にある林の中へ入っていく。

（もしかすると、あの鬼はどこからか送られてきたものじゃ!?　それから守ろうとしてお湯神様は……でも、だとしたらどこからそんな鬼が来るのよ。ああ、わからない。でもあれは鬼というより……むしろ人だった）

自分でも意味不明なことを考えていると思う。だがあの時、麻衣は感じたのだ。この悪しき現象の元になる澱んだ空気の流れのようなものを。それは明らかに人による恣意的なものだったと。

麻衣は、暗闇の林の中の小さな道を、月明かりだけを頼りに歩いていく。気のせいかもしれないが、なんとなくこっちだろうという確信めいたものが、麻衣の中にあった。それに従い、しばらく歩くと……非常に小さな広場のようなところに出る。

「ここは……」

初めて来た場所にもかかわらず、既視感のようなものがあって周囲を見回すと、広場の右奥に……月明かりの中に浮かぶ小さな祠を見つけた。まるで誘われたかのように。

ゆっくりとその祠に近づいていくと……周囲に月の明かりとは別の、穏やかな光が発生したように見えて麻衣はハッとする。

「これは夢に出てきた……あの……祠だ」

夢の中では屋敷のように大きかったが、間違いないと思う。

麻衣の脳裏に、矢継ぎ早に数々の映像が浮かぶ。

「あ……これは？」

それは紅湯庭が開業する以前の光景のようだ。風景は違うが、この祠の前の場所で、湧き出る湯を初めて発見したらしい男性の姿が見える。彼はここをひとりで整備して、近隣の人間たちを招いているようだった。

また、時は流れていき、数えきれないほど大勢の人間たちが、この湯で体の疲れを癒している光景が見えた。

紅湯庭が開業したのは百年ほど前だったようだ。今のように立派な建物ではない。だが麻衣には見える。紅湯庭を訪れた人たちのホッとするような顔と、それを見て喜ぶ、おそらく若女将のご先祖たち。

映像のすべての場面で、この湯場を守ってほしいと願う意思が入ってきた。

無意識に目を潤ませる麻衣の頬を、熱いものが流れていく。

麻衣は長い歴史を持つ紅湯庭の敷地内に祀られ、土地を守護してきたお湯神の存在に触れたのだ。それはこの土地に温泉が湧き、若女将の先祖たちが感謝しつつ、多くの人に心と体を休めてほしい願ったときから存在する穏やかな神……だった。

「誰か、そこにいるのか？　え……君は」

「ハッ……あ、高瀬さん！」

突然、背後から声をかけられて我に返った麻衣が振り返ると、そこには懐中電灯を持ち驚いている高瀬がいた。今日の騒ぎの対応に追われていたのだろう。高瀬の顔は疲労が色濃く表れ、元気がないように感じられた。

「川伊地さん、こんなところでなにをしていらっしゃるんですか？　明かりも持たずに」

たしかにこんなところにひとりで来ていれば、おかしいと思われるのは当然だろうと思い、麻衣は狼狽しながら説明する。

「いえ、私、何故かここに来なくちゃいけないって思えて……来たんです。ごめんなさい、変なことを言って……でも本当なんです。信じてもらえないかもしれませんけど」

「そうですか……いえ、信じますよ。もうこんなに信じられないことをたくさん見てきていますから、なにを言われても信じられちゃいます。そういえば、川伊地さんはお湯神様の夢を見たんでしたね」

そう言いながら高瀬は祠の前で膝を折り拍手《かしわで》を打った。

「高瀬さんは何故、ここに？」

麻衣が質問すると、高瀬は合わせた手を解いて立ち上がる。

「あはは、実は……毎日来てるんですよ。紅湯庭をお守りくださいって祈るために」

「……え？　そうだったんですか」

「はい、情けない話ですが半年ほど前にオカルト現象が起きはじめて……どうしていいかわからず、結局私は最後は神様に縋りました」

高瀬は力なく苦笑して頭をかいた。その姿を麻衣は頬を緩めて見つめる。

「高瀬さんは本当に紅湯庭を大事にされているんですね」

「はい……私は生まれも育ちもこの町でして、子供ながらに紅湯庭を訪れる観光客が楽しそうにしているのを見て、地元の人間として嬉しくもあり誇らしくもありました。それでアルバイトからのスタートでしたが、そのままここに就職したんです。まあ、この町は観光産業が花形なので、私みたいに大学にも行かず、東京のような都会に行く気概もない人間にとって、紅湯庭のような大きな旅館は憧れでもあったんですよ」

高瀬はどこか寂し気な表情で、紅湯庭の由来を話しはじめた。

「紅湯庭の湯は元々、ここから湧き出たという話なんです。若女将……栄子さんの祖先がそれを発見して整備して、当初は地元の人間たちの憩いの場となっていました。そして時は過ぎて、百八年前に晴れて開業したという、この旅館の由来も好きでして」

それは麻衣がつい今、見た不思議な映像と一致していた……。それを語る高瀬の言葉の端々から、紅湯庭への愛着や愛情が伝わってくる。

「先代の女将が倒れて、栄子さんが帰ってきたとき、私は心から紅湯庭の力になりたいと思ったものです。なのに今ではこんなことになってしまって……」

「あ、あの若女将と高瀬さんって……」

「ああ、幼馴染みだったんですよ。小さい頃はよく一緒に遊びました。たまに無料で紅湯庭のお風呂に入れてもらったり、調理場の大将からまかないをもらったりして、本当に楽しかったのを覚えています。あ！　でも小さい時の話ですよ。栄子さんは当時から私と違って優秀な方で高校も違いましたし、彼女は東京の大学へ進学しましたし」

麻衣が微笑んで聞いていることに気づいたのか、高瀬は赤面しながら慌てて補足した。

「ふふ……そうなんですね」

「ただ……私の願いはお湯神様には届かなかったのかもしれません。これまでも人手不足の中、ギリギリ回してきました。それに輪をかけて昨日、今日の騒ぎです。川伊地さんたちにも来てもらって、頑張っていただきましたが……もう限界ですかね」

高瀬は俯き、肩を落とす。それを見て麻衣は拳を握る。

今、麻衣が感じているもの……それは悔しさだった。紅湯庭を救うためにここへ来たのに、それも叶わずに仕事が終わってしまう。いや、自分は最後のつもりで来た……。別にこの仕事に思い入れはないし、紅湯庭に特別な感情もない……なかったはずだ。

だが何故か……悔しい。

ここで麻衣は思い切って聞いてみた。

「高瀬さん、原因になにか心当たりはないですか？　なんでもいいです」

「それなら……心当たりはないと言ったはずですが。恨みを買うとかもあり得ないです」

「あ、違います。私が聞いているのはオカルトとかではないです。今日紅湯庭に起きたような怪現象を、平気で仕掛けかねない人たちに心当たりはないですか、ということです」

「え？　それは……」

高瀬はギクリとして麻衣を凝視する。

「まだ、はっきりとこの怪現象の原因はわかっていません。ただ、私はあの鬼から感じたんです。あれは、あの鬼は人そのものでした。人の持つ欲望や卑しさ、なんと言いますか……卑怯なんです、あれは！」

麻衣は言葉にしながら感情が高ぶり、最後は吐き捨てるように言った。たまたま派遣されただけの麻衣が、どうしてここまで紅湯庭に感情移入をするのかは、高瀬にはわからない。だが今の麻衣の顔からは、生の感情が感じ取れた。

麻衣が、紅湯庭を守ろうとしている者たちすべての気持ちを汲み取って共感し、同調しているのが伝わってきたのだ。

高瀬はしばし麻衣からの視線を受け止めると見つめ返した。

「心当たりは……ありますか」

「……！」

「実は……私もこの紅湯庭での怪現象の原因は、それに関わる人間たちではないかとずっと疑っていました。でも、こんな非現実なことを起こせるわけがないと、自分に言い聞かせてきたんですが……」

「教えてください、高瀬さん。それはなんですか？　いったい、なにが紅湯庭に関わってるんですか？」

「はい、それは……二年前のことです。ここから見える風景と良質な湯に、巨大リゾート資本のＪＳＣが目につけているらしい、という噂が聞こえてきました。この街の市長肝いりの開発プロジェクトということで、ＪＳＣが紅湯庭の買収話を提案してきたんです」

「ＪＳＣ？　まさか……高瀬さんはそんな大手の企業が黒幕だと……？」

「はい……川伊地さんの言う、こういう嫌がらせをしかねない人たち、と考えるとＪＳＣしか心当たりはありません。実際、先代の女将が買収話を断ってから、いろいろな嫌がらせも受けました」

二年前、先代の女将はＪＳＣの申し出——非常に良い条件だったようだが——を、こう一蹴したらしい。

「この紅湯庭は、ご先祖からお客様に安らぎを提供するという理念で引き継がれて、百年の歴史がある。それを突然の降って湧いたような話で、売却などできるわけがない」

ところが、その後もしつこくＪＳＣの担当者が来たので、頭にきた女将は一切の出入りを禁止した。赤字もなく老舗として人気を保っていたことを考えると、当然の対応だったろう。そのため、この話はここで終わったと高瀬も思っていた。

おかしくなってきたのは半年前だ。先代の女将が突然倒れて今も意識は戻っていない。栄子は気丈に振る舞っているが内心は相当心配し、週に数度、病室に赴いている。

（それで……女将なのに姿の見えない日が多かったんだ。それにしても先代の女将の病気って……もしかして、怪現象と関係があるんじゃ）

聞けば女将の病状は原因不明で、いろいろな検査をしたのだが、確定できる病名が見つからなかったのだそうだ。

「実は栄子さんはこの稼業を継ぐのが嫌で、東京に就職していたのですが周囲に強く説得されて戻ってきたんです。その説得を辛抱強く続けたのが、当時の副社長でした」

高瀬は苦し気な表情で言う。

「でも……そこからなんです。この不可思議な怪現象が起きはじめたのは……」

副社長が説得して連れてきた栄子が女将に就任すると、同時に不可思議な現象が起きはじめ、従業員に動揺が走り、旅館経営に影を落としはじめた。

「すると、まるでそれを見計らっていたかのように、再びＪＳＣから紅湯庭買収の提案が舞い込んできたんです。覚えていますか？　川伊地さんたちが初めて来たときにオーナー室ですれ違った人たちですよ」

「ああ……あの人たち」

麻衣は五、六人で来ていたスーツ姿の男たちを思い出す。そして、悪寒の走った青白い肌の不健康そうな風貌の男の姿が、何故か頭に浮かぶ。

「前回は先代の女将が一蹴しましたが、今度は状況がまったく違いました」

「……状況？」

「はい、ＪＳＣの提案に強く賛成する者が、紅湯庭内に何人も現れたのです。しかも、賛成を唱えた中心人物は、副社長で先代の女将の片腕でもあった人でしたから」

「副社長が？　でも……さっき副社長は、今の若女将を一生懸命説得して連れてきた人だって言いましたよね？　それが何故……」

「……その副社長が私の父親、高瀬洋平です」

「え!?　お父さん!?　高瀬さんの!?」

思わぬ告白に麻衣が驚くと、高瀬は目を伏せた。

「……はい、そうです。もちろん父は息子である私に、旅館の売却を若女将に承諾させるようにと言いましたよ。お前はあんな旅館経営のノウハウもまったくわからない小娘に、顎で使われて嫌ではないのかって」

「はああ？　なんですか、その理屈は。おかしいじゃないですか！　自分が説得して連れてきておいて！」

「私もそう思いました。だから、言いましたよ、絶対に嫌ですって。それから父とは口もきかなくなってしまいましたがね。私は紅湯庭の買収には反対でしたから」

高瀬はこの旅館を、自分なりに愛していたのだ。父、洋平は息子を怒鳴り、叱るも、息子の頑強な拒絶に、ついに諦めて自分たちだけで栄子を説得しはじめた。

栄子は元々、この稼業が嫌で家を飛び出した人間で、旅館経営についてはまったくの素人。

その上、この怪現象という逆風や母親が病に倒れているという状況であったことから、洋平たちは栄子はすぐにこの提案を呑むと思っていた節があった。

ところが……栄子は意外にもこの申し出を断り続けた。決して売りはしない、今の状況も自分でなんとかしてみせると。

これには正直、高瀬も意外に感じたが嬉しくもあった。

すると、あろうことか、洋平はオカルト現象に怯えはじめた従業員をまとめて辞めてしまったのだ。ここにきてふたりは、洋平とＪＳＣとの関係を疑いはじめた。

「そして、それは事実でした」

洋平は、リゾート開発会社の社員として、再び姿を現したのだ。従業員も辞めて、お客も減少、この危機的な状況を見透かしたように。

「父がだいぶ前からＪＳＣと組んでいたのは、間違いないと思います。当然ながら、私は栄子さんに真っ先に警戒されました。当たり前です、言うなれば裏切り者の息子ですから。それで一度、栄子さんにこの旅館を去るように言われたことがあります」

「……え？」

「断りましたけどね」

複雑な表情の麻衣を見て高瀬は笑う。

高瀬は紅湯庭を支えたいと心から思っていた。栄子の疑いを払拭するため、いや、旅館を守るために辞めていった職員の分まで必死に働いた。それを知った栄子はその後、高瀬に紅湯庭を辞めるようにとは言わなくなった。

「ある時、私は栄子さんに霊能者を呼んではどうか、と提案したのですが、すぐに却下されました。そのような噂が広がればこの旅館は終わる。それがあなたの狙いかしら？　とまで言われた時にはショックでした。まだ信用されていないのかって。そんな時だったんです」

なんとかしなければと思い詰めていた高瀬に、常連の客、道力から予約が入った。

聞けば道力は、人材派遣会社を営んでいるという。

（道力？　道力って……あ！　きっとあの人だ。ここの常連だったんだ……）

麻衣はオフィスで見た、がっしりとした存在感のある体軀の、道力左馬之助の姿を思い浮かべた。

「お客様にそんなお願いをするのはご法度だと思いましたが、人柄を信じて紅湯庭の状況を話しました。そして道力様から『だったらぴったりの派遣会社がある』と言われたんです。それが『伊達スタッフサービス』でした」

「そうだったんですか。あの道力さんがうちを紹介してくれたんですか……うん⁉」

ふと、背後に人の気配を感じた麻衣が振り返ると、高瀬も同じ方向に顔を向けた。

「栄子さん！」

そこにいたのは……若女将、栄子だった。

＊＊＊

月明かりを受けながら一瞬、複雑な表情を見せた若女将は、紅湯庭の祠に目を向けて寂しげに笑った。

「ごめんなさい、全部聞かせてもらったわ……勇ちゃん」

栄子は久しぶりに幼馴染みの高瀬の下の名前を呼んだ。

「川伊地さん……でしたよね？　申し訳ありませんでした。あなたたちに対して取った私の態度は、筋違いもいいところでした。あなたは今日、お客様を庇って怪我をされたのだとか。本当にありがとうございます。もし、お客様になにかあったら、その時点で紅湯庭は終わっていたでしょう。許してもらえるとは思えませんが、謝らせてください」

「え⁉　いえ、気になさらないでください！　怪我もたいしたことないので」

栄子が麻衣に深々と頭を下げるので麻衣は逆に慌ててしまう。

「私は本当に人を見る目がないですね。それで……勇ちゃんにもつらい思いをさせて……自分の至らなさが恥ずかしいです」

「栄子さん……」

栄子は祠の前に膝を折り、しばしの間、目をつむり手を合わせると高瀬も知らなかったこの旅館への想いを話しはじめた。

「私はたしかにこの稼業が嫌で家を飛び出しました。大学を卒業した後、こちらに帰らないと宣言したときは、母親と何度も喧嘩になったものです。その時の私は昼夜問わずに紅湯庭のために働く母親を見ていて、ここにいては広い世界も見ずに埋もれていく、という感覚だったんです。私は日本を飛び出し、世界に出て行く仕事に対する、ある種の憧れのような気持ちがありました。大学で語学を学んでＭＢＡを取得し、そこで知り合った友人たちと将来を話し合うにつれ、その気持ちはどんどん大きくなっていきました」

その後、栄子は外資系のコンサルティング会社に就職し、自分で描いた人生設計どおりの充実した日々を送った。忙しさも心地よかった。たまに実家を思い出すことはあったが、母親が引退したら、誰か他の人に任せればよいぐらいの感覚であった。

そんな時だった。

高瀬洋平から母親が倒れたと連絡が入った。しかも容態はとても悪いという。

「母が倒れたと連絡が入ったとき……私は想像以上の衝撃を受けたんです。正直、あれだけ狼狽えるとは、自分でも思っていませんでした」

栄子は寂しげに笑った。父親を小さい頃に亡くし、ひとりっ子の栄子は自分がいかに母親に依存していたかを思い知らされたのだった。

「それで洋平さんからすぐに紅湯庭に戻って、そのまま母親の跡を継いでほしいと熱く説得されました」

「……？」

麻衣はふと違和感を覚え眉を顰めた。たしかに聞けば、先代の女将の容態は深刻だったのだろうが、倒れてすぐに跡継ぎを探すのはずいぶんと拙速な気がしたのだ。

（まるで先代の女将が、もう目を覚まさないと決めつけているような……）

「最初は断りました。紅湯庭の跡を継ぐ気にはなれなくて、洋平さんが支配人になればいいとも言いました。ですが、洋平さんは断固として退かずに説得を繰り返したんです」

洋平は先代の女将の負担や気持ちなどを織り交ぜ、動揺していた栄子の心を揺さぶった。

「私は次第に洋平さんの熱意にうたれて紅湯庭に戻ろうと決意したんです。でも洋平さんの説得が旅館を愛するがゆえではなかったことに、間もなく気づくことになりましたが」

栄子が高瀬にチラッと視線を移すと、彼はやるせない複雑な思いで拳を握りしめている。

そこで栄子は、高瀬の手を取って笑みを見せた。

「思えば洋平さんが私に早く跡を継がせようとしたことには、なにかしらの意図があったんでしょう。でも今は、洋平さんに感謝しているところもあるんです。ただ複雑な気持ちもあって、勇ちゃんにはつらく当たってしまいました。ごめんなさい、勇ちゃん」

「……え？」

高瀬は思いもかけない栄子の言葉に顔を上げた。

「女将に就任した当初は……内心では紅湯庭の仕事は嫌でした。母のことは心配でしたし、同じ仕事をしてみると今さらながら尊敬もしましたが、まだ私の中に人生をここに埋もれさせたくない、という気持ちがあったんです。ただ……その気持ちが変わる、ある出来事がありました。それを経験できたのは洋平さんの説得があったからとも言えるんです」

嫌々ながらも慣れない女将の役割を果たしている栄子に、あるお客から一通の手書きでしたためた手紙が届いたのだ。

手紙の主は中年の女性で、高齢の両親のためにこれが最後の親孝行と考えて、紅湯庭に来たのだという。紅湯庭は一般的な旅館と比較すると高級な部類に属する。そのため手紙にも思い切って紅湯庭を選んだと書いてあった。

そして……。

『両親は高齢で足も不自由になってきていました。

最近はよほどのことがない限り家から出ずに、東京で年金暮らしをしていたんです。

両親は温泉が好きで、昔は何度となくいろいろな温泉地に連れていってもらったものです。ひとり娘の私は地方に嫁ぎ、主人の仕事も忙しかったことから、実家の両親とはなかなか会えずにいたことが気になっていました。

するとと去年、母が大腸癌で倒れました。その時、私は血の気が引くということがどういうことかわかるくらいにショックを受けたんです。運良く早期発見だったので、なんとか母は持ち直しましたが。

そして手術後、退院する母に付き添い、ずいぶんと小さく見える背中を前にして思ったんです。ここまで育ててくれた両親に私はなにかを返してあげられただろうか、と。

それで私は、両親が好きだった温泉旅行を企画しました。主人も快く承諾してくれて、自分は忙しくて行けないが、家族水入らずで楽しんで来い、と言ってくれました。

そんな経緯で以前から気になっていたこの紅湯庭を訪れたのですが、まず申し上げたいことがあります。

それは心からの感謝です。

到着した時から、足の不自由な両親のことを従業員の方々が気遣ってくださり、その後も何度も声をかけてくださいました。食事の時間も柔軟に対応していただき、温泉の空いてる時間をわざわざ伝えてくださった方もいらっしゃいました。

また、お湯もよく、料理も絶品で、久しぶりに両親の満面の笑みを見ることができ、最高の温泉旅行になりました。

皆様の温かいおもてなしも含め、この旅行に紅湯庭を選んで本当によかったと心から思いました。

最高の時間を過ごすことができたことにお礼を言いたく、筆をとった次第です』

と綴られていた。

「私は仕事をしていてダイレクトにお客様から感謝の言葉をいただいたのは初めてで……驚きと嬉しさと、そして母や祖父母たちの守りたかったものを少しだけ理解しました」

栄子はこのときから数々のお客から感謝され、代々続いたこの旅館の価値を知り、また、自分の先祖たちが願い、守った癒しの場に誇りを持つようになった。

「……遅まきながら私は気づいたんです。紅湯庭に閉じ込められ、埋もれていくのではなく、紅湯庭を通して広がる世界もあると。もちろん、それまでまったく違う分野の仕事を経験していたことも大きかったと思います。ですが……紅湯庭での経験は私の心を動かしたのは事実です」

「若女将……いいえ、栄子さんはもう今は嫌々紅湯庭の女将をしているわけではないんですね」

麻衣の呟くような言葉に、栄子は目をつむり静かに頷いた。

「むしろ、なにも女将らしいことができていないことに悩む毎日でした。勇ちゃんにもっといろいろ聞けばよかったのに、洋平さんのことがあって相談しづらくて。時間があれば母の病室に行き、意識のない母の横で自問自答しながら、どうすることもできない自分を責めていました。馬鹿ですよね、私は。勇ちゃんや古株のスタッフがいなければ今頃、紅湯庭は営業もままならず、閉めるしかない状態になっていたかもしれないのに。紅湯庭をなんとかしたいという気持ちばかりが空回りして……私は頭も気持ちも頑なになっていたのだと、おふたりの話を聞いていて思いました」

「……栄子さん」

高瀬は悲しそうに語る栄子の横顔を見つめる。

「でも……、先祖が守ってきた紅湯庭は、私の代で終わってしまうのかもしれません」

栄子は寂しげな笑みを見せた。

「私が女将に就任した途端に一連の怪現象で、従業員は辞めて紅湯庭の客は減少傾向。その上、旅館経営については素人の私に、今、残ってくれている古株の従業員は良い印象など持っているはずもないです」

まるでそれを見透かしたように、ＪＳＣからの圧力はさらに大きくなり、昨日今日の恐ろしい怪現象に付け込まれて、新たに数名の従業員を洋平に連れていかれてしまった。

「結局私は、この旅館そのものに愛想を尽かされてしまったのかもしれないですね。この祠の守り神にも嫌われたのよ……きっと。今さらなにしに来たのかって」

栄子は顔に疲労と絶望の色を隠さず、その目が悲しそうに潤む。

「栄子さん……まだ、やれることはあります。私も今まで以上に……」

高瀬が栄子を慰めるように言うが、それを麻衣が遮る。

「そんなことはないです！」

麻衣は自分でも驚くくらいの大声で力強く否定した。

「私は……私は霊感が誰よりも強いと思っています。あ……いきなりこんなことを言っても信じてもらえないかもしれません。ただ、これだけは聞いてください！　その霊感の強い私に、この祠のお湯神様が何度も伝えてきたんです！」

「え……？」

栄子は伊達スタッフサービスの本当の任務を知らない。高瀬からは小さな派遣会社としか聞かされていないのだ。そのため麻衣の言っていることが栄子には理解できなかった。

麻衣は他人に自分に霊感があることをアピールしたことはない。それどころかこんな能力はいらないと必死に隠してきた。だが、今の麻衣はそれを積極的に前面に押し出した。

「私は霊感が強いおかげで、この怪現象の元凶が人間だとわかりました！　だからこの怪現象は、栄子さんがお湯神様に見放されたからではないんです！」

麻衣は自分が感じ取った、この祠の土地神の想いを伝える。

「それどころかお湯神様は言っていました！　夢の中でも、あの鬼が襲ってきた時も、この湯をもてなしの心と共に皆々に味わってもらおう、安らぎの時を感じてもらおう、それが私の力と喜びになるって！　この湯をお願いしますって！　栄子さんの紅湯庭に対する想いは、お湯神様の願いに適うものなんです。だから、そんな栄子さんをお湯神様が見捨てるわけがありません！　事実、お湯神様は私が怪現象を退けたときに言いました。……ありがとう、って！」

麻衣の話を聞いて栄子は目を見開いた。

そして……徐々にその目に涙を浮かべはじめる。

「麻衣ちゃんの言うとおり！」

「ひっ⁉」

突然、大きな声が草むらから発せられ、三人とも驚き、麻衣などは思わず数センチほど跳び上がってしまった。

草むらがガサコソと動いたと思うと……炊亭が姿を現した。

「伊達さん⁉　いつからそこにいたんですか！　驚かせないでください」

「まあまあ」

炊亭はニヤリと笑うと、麻衣のところまで来て肩に手を置いた。

「麻衣ちゃん、祠に向かって孔雀明王の真言を唱えてみて」

「……え？　今ですか？　何故？」

「いいから、やってみて」

麻衣はわけがわからないと思ったが、いつものように深呼吸をして心を落ち着かせる。

そして静かに真言を唱えた。

「オン　マユラ　キランディ　ソワカ」

気のせいか背後から炊亭が手を置く両肩に、麻衣は熱い力のようなものを感じる。

すると……不可思議なことが起きた。

「あ、あれは！」

祠の前にある小さな鳥居手前の空間にお札が現れたかと思うと……それが燃えるように消えたのだ。

　真言を唱えた麻衣も含めて驚く三人に、炊亭は飄々とした態度で言う。

「今のは呪符だよ。あれが、ここの土地神様の恩恵や加護を邪魔していたんだ。こうでもしないと加護が強くて奴らもここに手を出せなかったみたいだね。ずいぶんと強引なもんだ。わざわざ、結界内に入ってきてこんなことするなんてね」

「……奴ら？」

「そうだよ、麻衣ちゃん。これを仕掛けた人間がいるんだ。土地神様にこんな失礼なことを平気でする奴らさ」

「「！」」

「そんな……。でも、そうか。それであの時、お湯神様が苦しそうだと感じたんだ……」

「あなたたちはいったい……」

　栄子は怪現象を見たことはあるが、今、目の前で起きた、いや麻衣と炊亭によって起こされた不思議な現象を目のあたりにして、理解が追いついていないようだった。

「俺たちは伊達スタッフサービスですよ、若女将。まああ、その辺の説明は歩きながらしましょう。もういいですよね、高瀬さん」

「は、はい！」

「それから怪現象の原因がわかりましたよ。と言っても……高瀬さんや麻衣ちゃんたちがここで話していた内容とまるかぶりだけどね。最初から高瀬さんが今の話を俺にしてくれていれば、冷歌にどやされながら、こんなに駆けずり回って情報収集しなくてもよかったのに……」

（あ、なんかへこんでるなぁ。伊達さんも今回は意外と頑張ってたのか……な？）

「ま、いっか。そのことでいろいろと話したいので皆を集めましょ！」

と、ニッと笑いながら炊亭は言った。

（立ち直るの、はや！）

＊＊＊

紅湯庭本館近くの空いている離れの部屋に、栄子と高瀬に加えて伊達スタッフサービスの面々が顔を揃えていた。

「まさか、そんな怪現象対策専門の人材派遣会社があるだなんて……勇ちゃんはどこで知ったの？」

「実は常連のお客様からの紹介で偶然知ったんです」

伊達スタッフサービスの本当の業務内容を聞かされた栄子は愕然としている。

そんなふたりに構わず、炊亭が情報収集の結果を報告する。

「……と、いうわけで、紅湯庭の怪現象の原因はＪＳＣと断定していいだろうね。まったくとんでもない奴らだよ。紅湯庭のブランドを傷つけない程度ならなにをしてもいい、と思っているんだ。このオカルト現象を仕掛けたのは証拠を残さないためと、もし悪い評判がたっても、こんなオカルト話はすぐにもみ消せると考えたからだろう。マフィアより質が悪いな、こいつらは。俺も経営者の端くれとして許せん連中だ」

皆、それぞれの表情で炊亨の話を聞いているが、誰もが真剣ということで一致している。特に麻衣は心の底から湧き上がる怒りを抑えながら、なんとか冷静さを保っていた。高瀬や栄子はどう思っているのだろうかと、麻衣はついふたりに視線が向いてしまう。

「で、紅湯庭の案件に直接、関わっている連中がこいつらで……雇われた奴がこいつ」

炊亨は懐から何枚かの写真を取り出し、全員に見せた。

喫茶店らしきところに、怪しげな格好の連中と共に集まっているスーツ姿の人間たちが写っており、その中には洋平の姿もあった。

「この人たちは……たしか」

麻衣が愕然とする。高瀬や栄子も同様だ。

「そう、覚えているかな？　俺たちがここに来た時にすれ違った連中だ。面の皮の厚さに呆れるよ、ほんと。こいつらは自分らでこの騒ぎを起こしておいて、その弱みに付け込むように買収の提案をしてきたんだ。こっちのスーツ姿じゃない怪しげな連中はある意味、俺たちの同業だね。まあ、一緒にされたくはないけど」

「同業……？　あ……青白い顔色の気味悪い人もいる」

「そいつが怪現象の術師だ。言ってしまえば裏稼業の悪玉。その顔色の悪い奴が今回の怪現象の発信元と言っていいね」

「じゅ、術師……そんな人が実際にいるなんて……」

麻衣は背筋が寒くなる。伊達スタッフサービスに登録して、実際に異能の能力者たちがいることを知りはしたが、このような人間が他者を害するためにその力を使うというところまでは想像だにしなかった。

「どういう繋がりか知らんけど、ここにいる駒田というJSCの社員が連れてきたらしい。駒田はJSCの中でも頭ひとつ抜きんでた、優秀な営業マンとして知られている。その交渉力を買われて将来の幹部候補だそうだ。洋平さんがJSCに行ったのは、こいつの口車に乗せられた可能性は高いね。怪しい奴だよ、今回の黒幕と言っていいんじゃないかな」

炊亭が写真に写るやり手の銀行マンのような男を指し示しながら説明した。

「……父さん」

高瀬が苦し気な表情で写真を見つめ、小さく呟いたのに気づいて、麻衣は言う。

「でも、高瀬さんのお父さんは栄子さんのお母さん、先代の女将が倒れたときに若女将を説得して連れてきた人ですよ」

「この人はね、自分がここのトップになりたかったんだよ。その出世欲を駒田にうまく絡め取られたんだね。聞けばこの人は、紅湯庭はどんどん拡大をしていくべきと考えていたようで、保守的な先代女将とは意見が食い違ってぶつかっていたみたいだ。調べてみると、最後の方はかなり険悪な関係だったらしいんだけど、どうだい、高瀬さん？」

「いえ、表向きはそんなことは……。あ、そういえば一度だけ支配人室で父と先代の女将が言い争っている声を聞いたことがあります。その時はふたりとも信念があり真面目な人たちなので……そんなこともあるだろう、くらいにしか思いませんでした。父は私に経営のことはなにも語りませんでしたし、紅湯庭の買収話の時も栄子さんを説得しろと言うだけで」

高瀬は本当にその辺のことを知らない様子だったので、炊亨は首を傾げた。

「何人かここを辞めた人は知っていたみたいだけど、洋平さんがなにも言わなかったのは……意外だね。まだここに残っている息子の高瀬さんには気を遣ったのかな」

「でも伊達さん、その話はちょっとおかしくないですか？　だって、栄子さんは洋平さんにこの宿を任せていいって言ってたんですよ。それなのに栄子さんを女将として連れてくるって、まるで逆のことをしてるじゃないですか」

「ああ、麻衣ちゃん、それはね、理由があるんだよ。ここで一時的に雇われ社長になっても、先代の女将が復活してきちゃったらすぐに社長を下ろされちゃうでしょ？」

「え!?」

「伊達さん！　何故、そんなことが言えるんですか？　母が戻ってくると！」

麻衣は炊亨の話に驚き、栄子もさすがに黙ってはいられずに声を上げた。炊亨はニンマリして冷歌と燈二に視線を送ると冷歌と燈二は頷き、冷歌が口を開いた。

「若女将……いえ、栄子さん、実は私から報告があります。先代の女将ですが、近日中には体調が戻って退院できるでしょう。燈二君、教えてあげて」

「実は昨夜、僕は先代女将の病室を調べさせてもらいました」

（ええ？　忍び込んだんだ……真田寺さん）

「すると、やはり、というべきか、先代の女将によからぬ気が送り込まれているのがわかりました。詳細は省きますが、簡単に言うと呪いの類ですね。それは僕の方で処置しましたので、徐々によくなっていくでしょう」

「ほ、本当に……!?　母が……？」

予想外の朗報に栄子は口に手を当て、驚きと喜びに肩を震わせる。

「どうやら、先代の女将が倒れる前から、洋平さんはＪＳＣの駒田と組んでいたんだろう。それで約束されていたのさ、買収後は紅湯庭をあなたに任せるってね。ただ洋平さんは、嫌がらせをしたとしても先代の女将が首を縦に振るとは思えなかった。彼女は紅湯庭のカリスマ女将だったから、彼女に信頼を寄せる周囲を切り崩すのも容易ではないと。それで洋平さんか駒田か、どちらかはわからないが、一計を案じてＪＳＣに提案したんだ」

炊亨は、まだ涙ぐんでいる栄子を見つめて続ける。

「先代の女将には病で倒れてもらい、栄子さんに若女将として経営権を継いでもらうってね。洋平さんは栄子さんがこの稼業を嫌がっていたことを知っていた。また、そういう噂も当然、従業員の間にそれとなく流していたのさ。そうすれば従業員の心を取りまとめるのは難しくなる。その上でこのオカルト騒ぎを起こしたんだ。栄子さんが紅湯庭を手放したくなるようにね。この時点で経営権を持つ栄子さんが買収に応じれば、契約は正式に成立する。洋平さんも先代の女将を殺す気はないだろうから、買収手続きが済めば呪いは解除して、元気に戻ってきても構わないってね。さすがに洋平さんも、呪詛で何十年と先代の女将を寝かせたままにしておくわけにはいかなかったんだろう」

「ひ、ひどい……」

「現在JSCは、全国各地の高級旅館を傘下に入れることに力を入れていて、目をつけた旅館やホテルの幹部を引き抜いたり、買収まがいのことを平気でやっているらしい。紅湯庭はその標的にされたというわけだが、今回は紅湯庭ナンバー2の洋平さんと利害が一致した。買収後の支配人は洋平さんに決められていて、洋平さんの拡大路線にはJSCも理解を示している」

皆、炊亨の話を聞き、表情固く黙って聞いている。

「ところが、なんだよねぇ。洋平さんや駒田にとって誤算だったのは、栄子さんが決して買収に応じなかったことだ。怪現象を引き起こして従業員を引き抜き、大手人材派遣会社や求人募集代行の会社にも手をまわして、人手不足に追い込んだにもかかわらずね。それに加えて、さらなる誤算が重なった」

ふふん、と炊亨は不敵な笑みを見せる。

「高瀬さんがうちに人材派遣の依頼をしてきた、ということさ。この伊達スタッフサービスにね。俺らが来たことで怪現象を引き起こすことが難しくなった。それでこいつらは嫌がらせを継続するために、こちらの張った結界内に細工しようと敷地内に入り込んだんだ。俺たちの存在に気づいて焦ったんだろうねぇ。怪現象が前にも増して品がなくなった。まあ、そのおかげでいろいろと証拠を残してくれたけどね」

麻衣たちは炊亭の話を聞いて、紅湯庭の怪現象の元凶が完全に理解できた。

「さて！　そういうわけで高瀬さん」

「はい」

「俺らができるのはここまで！　あとは栄子さんとなんとかしてね」

「な⁉　伊達さん……」

高瀬は呆気に取られるが、それ以上に激しく反応したのは麻衣だった。

「ええ⁉　何故ですか、伊達さん！　ここまで原因がわかっているのに！　私たちはなにもしないんですか？」

「うん？　だって麻衣ちゃん、俺らの仕事は、通常業務をこなしながら怪現象を抑えることだよ。これは一見、怪現象だけど怪現象じゃない。人災だよ。買収のため紅湯庭に内紛を引き起こしたＪＳＣと、紅湯庭経営者が話し合うべき問題さ。俺らの仕事の範疇じゃないもん。ここまで調べてあげたのは、俺の顧客に対する誠意だよ。駒田の息のかかった若い女性宿泊客とか、紅湯庭の敷地内の調査もしたし、ＪＳＣの情報だって俺のいろいろな人脈を使って得たんだから。もう十分、働いたでしょう」

「で、でも……！」

「麻衣ちゃん、俺は別に意地悪を言っているわけじゃないんだ。俺も伊達スタッフサービスの経営者として、会社の理念や麻衣ちゃんたちスタッフのこと、顧客との契約内容はしっかり考えなくちゃならない。今回のことはどう考えても、幽霊や祟り神が原因じゃない。人同士のいざこざなんだ。これ以上俺らが立ち入るようなことではないんだよ」

「そ、そんな……でもそれじゃ、紅湯庭は……。こんな悪人たちを相手にどうしろと」

炊亨の珍しく真面目な顔に麻衣は気圧されて、次の言葉が出てこない。高瀬は顔を青ざめさせながら、炊亨に泣きついた。

「伊達さん！　それでしたらこれまでの働きと別に報酬も用意いたします！　私たちだけではこの相手の脅しにどう対処すればいいのか……」

「私からもお願いします。紅湯庭として正式に仕事の依頼を出します。それで……」

「高瀬さん、栄子さん、申し訳ないけど無理なんだ。俺らは駒田に雇われたような裏稼業の術者とは違う。霊現象や偶発的な超常現象などで困っている職場に、社員を派遣して業務として解決するのが仕事なんです。これがうちの会社のあり方で、人や会社同士のいざこざを解決する業者ではないんですよ。ただ、そうですね……怪現象を起こしている術者への対抗手段は教えていきますし、そのための処置もしておきますから」

「そ、そんな……」

高瀬と栄子は、炊亨が頑として依頼を受け入れないことに困惑している。

他の伊達スタッフサービスのメンバーも炊亭に同意しているのか、なにも言葉を発しなかった。

（これで本当に帰っていいの？　私はこのまま紅湯庭を放って……）

麻衣はお湯神様の声や意思、また、高瀬や栄子の紅湯庭に対する想いを知ったのに、このまま紅湯庭を去ることにどうにも納得がいかなかった。

（私は……自分に霊感があることが心底嫌だったけど、今回は役に立ったと思った。ちょっとだけ、霊感があってよかったと思えたし、しかも、人に初めて自分の霊感をアピールもした。なんとかしてあげたい。せめて私だけでもここに残って……いや、たぶん、ここからのことは私だけじゃなにもしてあげられない……。だったら！）

麻衣は顔を上げた。炊亭をはじめとした伊達スタッフサービスの面々に目を向ける。

今から自分が言うことは、まったくの筋違いで本当に馬鹿げたことかもしれない。

でも、麻衣はそれでもいいと思った。

「伊達さん、皆さん！　紅湯庭を助けてください！　残された高瀬さんや栄子さんだけで、この相手の術者の嫌がらせに対抗できるとは思えないです！　たしかにこれは人によるものかもしれないですけど、私たちの仕事の範疇ではないかもしれないですけど！」

麻衣は直角に腰を折り曲げて、深々と頭を下げる。

「ま、麻衣ちゃん……そう言われてもね……」

炊亭は困り果てたように頭をかく。

その姿に高瀬と栄子はハッとさせられた。麻衣の行動は本来、自分たちがしなくてはならないものだ。

それを自分たちよりも早く、自分たちよりも諦めずに、麻衣が頭を下げたのだ。

「伊達さん、私からもお願いします！」

「伊達さんのおっしゃるとおり、これは私の仕事で責任も私にあると思います。母を含めた私どもの不甲斐なさが生んだものかもしれません。ですが、そこを押してお願いいたします。紅湯庭に力を貸してください」

麻衣、高瀬、栄子の三人に深々と頭を下げられても、炊亨は厳しい表情を崩さない。

麻衣は頭を下げたまま、必死に言葉を続ける。

「私は伊達スタッフサービスの一員で紅湯庭の部外者ですけど、お願いします！　私はお湯神様から何度もここを守りたいという願いを聞かされて……大きな鬼に襲われたとき、お湯神様が力を貸してくれたような気がしたんです。それで高瀬さんと栄子さんの想いを聞いて、なんと言うか……その……子供っぽい言い方かもしれませんけど、なんとかしてあげたいんです！　このふたりを助けるのは、お湯神様の気持ちを汲むことになるって……」

途中から麻衣は自分でもなにを言っているのかわからなくなる。だが、麻衣の必死の訴えを聞いて、冷歌をはじめとするメンバーたちの表情に変化が見える。

「力を貸してもらった……って？　す、すごいよ！　麻衣さん。この土地と縁《ゆかり》のない人間に土地神様が何度もコンタクトを取ってきて、一時的だとしてもその加護を受け取れるなんて……」

「本当ね、麻衣は訓練すれば、とんでもない能力者になるかも」

颯太と海姫が思わずそう漏らし、冷歌や燈二も驚きを隠さずに目を見合わせ、そのままいまだに黙っている炊亨を見つめた。そして冷歌は苦笑いし、燈二も珍しく眼鏡の位置を直しながらニッとする。

「伊達さん！　こんな仕事はもう辞めたいって言っていた私が、こんなことをお願いするなんて馬鹿げているというか、なにを言っているのかって私も思いますけど、でも……！」

「ああ、そうだったぁ！　ひとつ言い忘れてたよ、麻衣ちゃん」

炊亨が突然、頭に手を当てて大事なことを思い出した！　というように声を上げた。

だが、若干、芝居がかっている。

「これは今回の仕事には関係ないんだけど、俺はここで怪現象を起こした連中にね、ちょっと……会ってこようと思っててね」

「……え？」

麻衣は腰を曲げたまま炊亨を見上げる。炊亨がなにを言っているのか、麻衣には理解できない。

「麻衣ちゃん、怪我は大丈夫かぃ？」

「あ……はい、だいじょう……」

「え⁉　まだ痛い？　ぬうう、やっぱり……ずいぶんひどくやられたんだね！」

炊亨は血相を変え、怒りに打ち震えるように声を絞り出すと、深刻な顔をしながら涙目で麻衣の両肩を力強く摑む。

「あ……いや、だから伊達さん、傷は冷歌さんに手当てしてもらってたいしたことは……」

「……冷歌、燈二」

この時、炊亨の顔から一切の浮つきや不真面目さが消え、普段の炊亨からは想像のできない鋭い眼光を見せた。冷歌や燈二は顔を引き締め、この炊亨の視線を受けとめる。

「今回の仕事では、麻衣ちゃんに怪我をさせてしまった。これは社員の安全を第一に考えなければいけない経営者の俺としては大失態だった。もちろん、これは社長である俺の責任だ。麻衣ちゃんにはあらためて俺個人としても会社としても謝罪して、治療費も会社で負担する。それでいいね、冷歌」

「もちろん、異存はないわ」

淡々と、それでいて芯の通った声で澱みなく話を進める炊亨に、麻衣は出会ってから今まで受けたことのない、迫力のようなものを感じ取った。

「けどね……うちの大事な派遣社員を怪我させた奴らがいる。しかも、警察に言ったところで、証拠になるものはなにもないからどうにもならない。だから麻衣ちゃん……」

「は、はい！」

炊亨は麻衣に体を向けると、真剣な顔で言う。

「おとしまえをつけてくるよ。術者も術者を雇った連中も、すべての関係者に、ね」

「え!? 伊達さん、それって……」

麻衣は炊亨の言っていることがすぐに理解できず、見つめ返した。

「あ、そうだ。ついでに……これはあくまでもついでにだけど、紅湯庭にも今後一切手を出すなって言ってくるかな。本当についでにだけど」

そう言いながら炊亨がニッと笑って見せる。

この炊亨の言葉を聞いて、途端に麻衣や高瀬、そして栄子も大きく目を見開いた。

そして高瀬は再度、頭を下げた。半瞬、遅れて栄子も頭を下げる。

「だ、伊達さん、ありがとうございます！」

「ありがとうございます！ 本当になんて言っていいのか……」

「え？ なにを言ってるんです？ これはこちらの問題で、高瀬さんや栄子さんには関係のないことですよー」

そう言いながら炊亨は燈二や海姫たちを振り返る。

「さてと、そういうわけで……お仕置きに行ってこようか。術者には直接、俺が話しに行くから……ほかにも参加したい人は挙手をお願いしまーす！ 冷歌は社員だし燈二も社員みたいなもんだから、強制参加ね。あ、もちろん、今回とは別にボーナスは用意するよー」

「はいはーい！ 私も参加するわ。麻衣に……女の子の体に傷を負わせるなんて、絶対に許せないから！」

「僕も参加します！　個人的にこの手の人たちは気分が悪いです。それにやっぱり麻衣さんに怪我をさせたのが、一番許せないです！」

「オッケー、オッケー！　んじゃ、全員だね。冷歌と燈二を中心にお願いするわ」

麻衣は予想外の展開に、嬉しさで言葉に詰まる。そしてなにか言わなければと思っていると、冷歌が麻衣の肩に手を置き、耳元に口を寄せてきた。

「大丈夫よ……麻衣ちゃん。炊亭がさっき高瀬さんに言っていたのは建前だから。一応、社長として体裁を整えただけよ」

「……建前、ですか？」

「そう。あいつはね、最初からやる気だったのよ。だって、この相手に一番腹を立てていたのは炊亭なんだから。おそらくひとりでもやる気だったはずよ」

「そうなんですか⁉　でも、なんで伊達さんはそんなに怒っているんです？　伊達さんにしてみれば、さっきの話じゃないですけど、他人事だというのも理解はできますし……」

麻衣が怪訝そうに言うと、冷歌はクスクスと笑い出す。

「麻衣ちゃん、それこそさっきの話を思い出して」

「……？」

「あいつはね、この相手が麻衣ちゃんに怪我をさせたのが、心底許せないのよ。麻衣ちゃんが怪我したことを報告したとき、電話口で極度に狼狽えてね。そのあと、頭に血が上ったのか、その場で今からＪＳＣの連中とその術者を襲撃してやる！　とまで言い出したんだから。あのまま行かせていたら、死人が出ていたかもしれないわ」

「ええ⁉　あの伊達さんが？」

「そうよ、あいつは昔からこういうの駄目なのよね。仲間になにかあると、すぐ激情に流されそうになるの。そういう意味でも社長向きじゃないのよねぇ。というより、そもそも社長に向いているところが、皆無なのだけど……」

ため息混じりに言う冷歌の話を聞いて麻衣は驚き、炊亨の背中を見つめてしまう。普段から適当で人に対しても仕事に対しても、いい加減な対応をしているところしか見たことがない炊亨の意外な一面を知り、麻衣は伊達炊亨という人間がますますわからなくなった。

一方で、この伊達スタッフサービスにこれだけ優秀な人材が揃っているのは、もしかすると そんな炊亨の不思議な人間性ゆえかもしれない……と思う。

「冷歌、俺は今から術者のところに行く。それ以外の奴らは明日からでも仕掛けられるようにしておいてくれ」

「はいはい……」

「え⁉　伊達さん、今から行くんですか⁉　もう夜中ですよ！」

「当たり前だ！　本来ならこんな糞野郎はもっと早くに……」

炊亨が大きな声を上げたので麻衣は驚いてしまう。

「あ！　ご、ごめん、麻衣ちゃん。うん、ほら、術者だけは放っておくと、またすぐになにかしら嫌がらせをしてくるかもしれないでしょ？　だから、まず一番に話をつけてこないとね。そ、それと次の手の準備をする時間を与えたくないんだよ」

炊亨は麻衣を気遣うように言い直した。だが麻衣はその炊亨の慌てぶりに思わず笑ってしまう。

「え？　え？　なんで笑ってるの？　麻衣ちゃん」

（冷歌さんが言ってたのって……本当なんだ。怒ってくれてるんだ、私の怪我のこと）

「あ、それと麻衣ちゃんは紅湯庭で待機しててね。怪我もしてるし、今日、明日は安静にしてて」

「え、そんな！　私も手伝います！　だって言い出したのは私だし……！」

「駄目。麻衣ちゃんは待機。気持ちはわかるけど、まだ新人なんだから、ここは先輩たちに任せようね」

「そうだ川伊地。おまえが来たところでできることも少ないだろう。僕たちにしてみれば、むしろ川伊地をケアしなくてはならなくなって、負担が増えるだけだ」

「……で、でも」

燈二がいつもの調子で、冷静な抑揚のない口調で言う。厳しい言い方だが、燈二の言うことは説得力があって、麻衣は悔しいけれど受け入れるしかないと思う。

「でも……そうだな、川伊地。もしジッとしていられないと言うのなら、紅湯庭の仕事を手伝え。今日の鬼騒ぎでお客も従業員も混乱しているだろう。だから高瀬さんや若女将を助けてフォローするんだ。川伊地のひたむきさは誰にも負けない長所だ。こういうシーンの方が力を発揮できる。言っておくがこれは難しくて、かつ紅湯庭の今後を左右する非常に重要な仕事だ。問題の対処は早ければ早いほど、後に禍根を残さないんだからな」

麻衣は俯きかけた顔を上げた。燈二は体を横にして眼鏡の位置を直している。

「は、はい！　そうします、真田寺さん。高瀬さん、栄子さん、力不足かもしれないですけど、私も精一杯お手伝いします。頑張りましょう！」

高瀬は麻衣の言葉に頷き、栄子は麻衣の手を取る。

「はい、もちろんです。ここが正念場ですから私も踏ん張りますよ、川伊地さん！」

「川伊地さん、ありがとう……ありがとうございます」

「んじゃ、早速、俺は行ってくるよ、場所もわかっているしね。そいつは麻衣ちゃんに怪我をさせて、紅湯庭を窮地に陥れたＪＳＣの最大の手札だからね。その術者さえなんとかすれば、ＪＳＣも交渉を諦めるだろ。冷歌、燈二、あとはふたりに任せるわ。ほかのはそちらでやっといてね、ただし……容赦なくね！」

そう言うと炊亨は麻衣たちが声をかける間もなく、玄関から薄暗い小道に消えていった。

「あ、伊達さん……！」

「あらあら、炊亨もせっかちね。まあ、あそこまで怒っている炊亨は久しぶりだから仕方ないか。でも大丈夫よ、麻衣ちゃん。あいつのことは放っておいて、私たちはできることをしましょう」

冷歌はそう言うが、麻衣は先ほどまで夢中で炊亨になんとかしてほしいと言っていたのに、ここに至って強い不安感が出てくる。

「でも……ひとりで大丈夫なんですか？　さっきの話だと喧嘩になるかもしれないですよね……」

（どんな相手でどんな話し合いになるのか、ひょっとしたら殴り合いになるのかも……。そういえば……相手は裏稼業の人だと言ってた。それじゃ、命の危険があるかもしれないってことかも!?　私はそんなことも考えずに、伊達さんにお願いをして……）

「……川伊地、まったく問題はない。あいつが本気になったら、それ以上に怖い奴などない。さあ戻るぞ」

「あ、はい……え？　真田寺さん、それはどういう……」

燈二が他人を手放しでこのように評価するのは珍しい。見ると冷歌も燈二も海姫も颯太も皆、普段どおりの表情と態度。まったく不安や心配など感じているようには見えない。

これが伊達スタッフサービスの社長、伊達炊亨に対する全幅の信頼だということが、この時の麻衣にはわからなかった。

麻衣はひとり、炊亨の無事を心から願うことにした。

＊＊＊

その時、小さな小屋の中心にある護摩壇の前で瞑想をしていた顔色の悪い男が目を開けた。

(元々、土地神の加護が強かったところではあったが……)

実は依頼主から紅湯庭に『嫌がらせ』をするように指示されたとき、男はこの地の加護の強さに気づき、こちらの術がうまく発動しない可能性があることを指摘した。

すると、依頼主の駒田はこう言ってきた。

「それでは中から細工しましょう。もうすぐ、敷地内に詳しい人間が私どもの味方になる予定ですから。彼に聞いて細工場所を決めればいいですよ」

緊迫感のない笑顔でそう言われた時は、この男でも背筋に冷たいものを感じたのだった。

(あの駒田という男……何者なのか。もう三年の付き合いになるが、いまだにどういう男なのか、摑めん)

「まあ、いい。こちらは報酬さえもらえれば文句はない。……準備は整った、これで最後だ。願わくは、紅湯庭の評判を落としすぎない程度に頑張ってくれよ。紅湯庭に雇われた霊能力者ども」

そう男は吐き捨てると、護摩壇の前に掲げられていた、それぞれに〔前〕〔後〕と記されている二枚の人型の紙をその左手に取った。そして右手を口元に寄せて印を結ぶ。すると男の体を包むように薄暗い気が集まりだした。

「おいおい……そんな勝手な理屈でそんな物騒なもの取り出すなよ。紅湯庭にはまだうちの大事な派遣社員たちがいるんだぞ」

「……⁉」

突然、背後に現れた声の主に、男はどこに持っていたのか振り返りざまに躊躇なく二本のナイフを放った。

「おっと！　危ないなぁ」

声の主は、猛スピードのしかも至近で放たれた奇襲を、低い姿勢で難なく躱《かわ》す。

「誰だ！　貴様ぁ！」

男は怒鳴りつつ、続けざまに鳥を象った和紙を数枚、頭上に放り投げると、その紙は漆黒に変色し質量を持ちはじめ、まるで生きているような鳥になった。そしてそのまま、漆黒の鳥たちは、このぶしつけな闖入者に襲い掛かる。

「ありゃ、なかなかすごい術だね。でもねぇ、俺とは相性が悪かったね」

闖入者は式神の鳥たちの鋭いくちばしが接触する瞬間、不敵な笑みを見せたかと思うと、その鳥たちは内側から炎を上げて炭になり、畳の上に落ちた。

「な⁉」

己の放った式神が倒され、驚きを隠せない顔色の悪い男は、眼前の人を喰ったような笑みを浮かべている闖入者を睨む。

「あーあ、誰だと聞いておきながらこれはないんじゃない？　これじゃあ、自己紹介もできないでしょうが。まあ、勝手に入ってきたのは悪いと思うけどさぁ」

この闖入者の何事もなかったような飄々とした態度が男の癇に障る。

「ふざけるな、貴様！」

「まあまあ、落ち着いて、落ち着いて」

人のよさそうな笑顔を見せたその男は、スーツを身につけ身長は高く人懐っこい顔をしている。それはまさに伊達スタッフサービスの社長である、伊達炊亨その人であった。

「何者だ……」

「お？　やっと話す気になった？　いや、実はさ、あんたにお願いがあって来たんだよ」

「……お願いだと？」

炊亨の言葉にピクッと片眉を上げた顔色の悪い式神使いは、最大限の警戒を維持したまま聞き返す。

「そうそう。あんたに紅湯庭の件から手を引いてもらいたいと思ってね」

「ほう、なるほど……お前が紅湯庭に雇われた霊能力者か。たいしたものだな、よくここにたどり着いたものだ」

「いやぁ、そんなに難しくはなかったけどね。まあ、友人にいろいろと情報は流してもらったけど。で、どうかな？　これは俺らにとってもあんたにとっても、悪い話じゃないんだよ」

「ククク……ハハハ！」

突然、高笑いをはじめた式神使いに、炊亨は首を傾げる。

「あれ？　俺はなにかおかしなこと言ったかな？」

「なにを言うかと思えば！　馬鹿か貴様は。貴様も同業ならわかるだろう！　我らは所詮、裏稼業だ。この稼業は評判がすべて。受けた依頼を途中で投げ出すなど自殺行為よ！」

　そう言うやいなや、男は両手に何枚もの式神を持ちそれを放とうとする。そもそも、この場に来て術を見られた時点で殺そうと考えていた。顔だけならまだしも術も見られ正体を暴かれたからには、この闖入者を帰すわけにいかない。

「……裏稼業？　ふざけるなよ……お前と一緒にすんな！」

「……！」

　この時、柔和だった炊亨の眼光が鋭くなったかと思うと、圧倒的な存在感のようなものを式神使いは感じ取る。

「それとね、お前、馬鹿だな。俺が言った『お願い』の言葉の意味をそのまま受け取ったのか？　お前に合わせて、裏稼業流の会話術を使ったんだがな」

「……なんだと？」

「俺が言ったのはな……最後通牒だよ」

　炊亨が発する圧迫感が増し、顔色の悪い男の額に戦慄が走る。

「五体満足でいたかったら、この件から手を引けと言ったんだ」

「ぬう……！」

　激高した男は、放ちかけていた式神を再び振りかぶる。

「やめておけ。朝霞《あさか》家を破門されたからといって、これ以上の悪行は、お前自身の魂が外道《げどう》に堕ちるぞ、朝霞泰造《たいぞう》！」

その名を炊亨の口から聞かされ、男は驚愕のあまり体が硬直し動きを止めた。

「な、何故、貴様がそれを!?」

「これだけ派手にやってるんだ、こちらもそりゃいろいろと調べるさ。結界を張った途端に怪現象が消えて、その後、高瀬洋平らＪＳＣの奴らの訪問で怪現象が復活……。しかも今まで姿を現さなかった鬼が現れた。依頼主からの要請かも知れないが焦りすぎだろ」

朝霞はしばし炊亨の顔を睨みつける。まさか自分の素性まで暴かれるとは思っていなかったのだ。おそらくこの情報は他の仲間にも流れているだろう。

(この男に捕まれば俺は終わる、終わってしまう……だが！)

「ククク……ハハハ、ハッハッハーー！」

朝霞は喉を鳴らすような声を立てると、次第に大声で笑い出した。その姿に炊亨は眉を顰める。

(それは俺を止められればの話よ！　小賢しいだけのこいつを殺し、この場を切り抜ければ俺は終わらん！　プロの力を教えてやる。そして力を蓄え、本家の朝霞家を超えればいいだけだ！)

朝霞は事態をこのように理解した。

「アッハッハー！　馬鹿はお前だったな！　表の世界では腕に覚えがあったかもしれない

が、魔道、霊道の真の力も知らぬ愚か者が！　調子に乗って裏を覗き込んだ貴様が悪い。さあ、死ね！」

そう言うや朝霞は、両手を横に薙ぐように四枚の紙でできた札を放つ。するとそれは空中で数十の牙を持つ四本足の獣に姿を変え、炊亭に襲い掛かった。

「！」

狭い小屋の中で四匹の魔物とおぼしき獣が、涎《よだれ》をまき散らしながら咆哮を上げて床、壁、そして天井から炊亭に飛び掛かる。

ニヤッと朝霞は笑う……がすぐにそれは驚愕の相に変わった。

というのも、朝霞の脳内ではこの一瞬で炊亭は全身を魔獣に食いちぎられ、死んでいるはずだったのだ。それが……どういうことか、四匹の魔獣の体から凄まじい炎が上がり、全身を瞬く間に焼き尽くしていく。

「やれやれ……」

その炎の間から、濃淡が揺れ動く影を纏い炊亭が現れた。両手からは炎が吹き出している。朝霞は事態がどういうことになっているのか理解が追いつかず、無意識にその場から後退る。

「おお、お前は……いったい、何者なんだ」

「もう諦めろ。お前にはもう表にも裏にも居場所はない。俺が責任を持って朝霞家に身柄を送ってやる」

「クッ！」

朝霞は体を翻すと跳躍し、窓を破って外に飛び出して受け身をとった。

「まだだ、俺は終わらん！　運が悪かったな！　このタイミングで仕掛けてきた自分の不運を呪え！　いずれにせよ、これらは貴様らに使うものだったからな！　行け！　前鬼、後鬼、その圧倒的な力を見せつけてやれ！」

そう言うと朝霞は〔前〕〔後〕と記された人型の紙を上空に放り投げた。紙は夜空に拡散したように消える。

「……オォオォオーン!!」

すると、はるか上空から二体の巨大な何かが大気を震わすような唸り声を上げ、月明かりを受けつつ猛スピードで滑走するように落ちてくる。

「ハハハ！　これを用意していて正解だった！　前鬼、後鬼よ！　あの小賢しい男を殺せ！　瞬殺しろぉぉ！」

「懲りない男だな……」

この時、勝利を確信している朝霞が背後から聞こえてきた声に振り返ると、そこにはいつの間に小屋から出てきたのか、炊亨が立っていた。

炊亨は炎を纏った両手を胸の前に出し、不動明王の印を結んだ。

「……ノウマク　サンマンダ　バサラタン　カン！」

その時、上空から周囲を昼のように明るく照らしながら燃え上がる、二体の巨大な鬼が墜落してきた。それらは断末魔の声を張り上げつつ地面に激突し、地響きと土ぼこりを舞い上げる。そして全長五メートルはあるその体は炎に包まれ、やがて灰になってしまった。

「ば、馬鹿な……私の前鬼、後鬼が……」

呆然自失の朝霞は炎から身を守るようにしながら、燃えて塵と化した自身の最強の式神たちを見つめる。

「アホか。本物の前鬼、後鬼なら俺だけじゃどうにもならん。お前の作った、はるかに劣化版の前鬼、後鬼ならどうとでもなる」

炊亨は肩を竦めて朝霞に近づいていく。

「く、来るな……化け物！　貴様はいったい……これだけの威力を持つ不動明王呪なぞ聞いたことがない……ハッ、お前はまさか！　伊達不動の末裔か⁉」

「うるさいな。うちの大事なスタッフに怪我させやがって……その不愉快な顔を二度と俺に見せるなよ、この馬鹿野郎が！　いや、もし麻衣ちゃんの体に怪我の痕でも残ってみろ。地獄の果てまでてめえを追いかけてやる！」

「かはぁ！」

炊亨の拳が朝霞の鳩尾《みぞおち》に入る。体を九の字に曲げ悶絶の表情の朝霞の後頭部に、続けて強烈な肘を落とすと、朝霞は完全に意識を手放してその場に倒れ込んだ。

「ふう……あとは左馬ちゃんに連絡して、この馬鹿を朝霞の家まで運んでもらおうかな」

炊亨は足元で痙攣をしている朝霞を、視線だけで見下ろす。

「まったく……くだらない名前まで出しやがって」

一瞬、炊亭に似つかわしくない影が目に宿った。だが、すぐにいつもの飄々とした態度と表情に戻る。

「俺も丸くなったもんだ。これも大人になった証拠だよねぇ〜、さすが俺！　さーて、この顛末をいかに格好よくみんなに伝えようかなぁ。よし、ここは……迫りくる強敵に苦戦しながらも戦い、知恵と勇気、そして正義の心を燃やした俺は、最後の力を振り絞ってなんとか倒した、という感じでいこう、うん。麻衣ちゃんや若女将もそれを聞いて俺に惚れちゃったりして……ぷぷぷ」

表情をだらしなく崩し、両手を顔の横で握りながらそう言うと、炊亭は道力左馬之助に電話をするために携帯を取り出した。

＊＊＊

「川伊地さん、ごめんなさい。あちらの部屋にもこれを届けておいてください！」

「あ、わかりました！　若女将」

麻衣は大きなトレイに料理長が腕によりをかけた大皿料理を載せて、大きな声で返事をした。燈二の結界が功を奏したのか、栄子の母親の先代女将も目を覚まし、今は順調に体調も快方に向かっているとのことだ。それで栄子は母親の病室に行くのを控えて、今は積極的に現場に出てきている。

炊亭が姿を消して五日経ち、次の日の早朝から姿を消した冷歌たちもいまだに帰って来ていない。麻衣は紅湯庭に派遣された伊達スタッフサービスの面々がいなくなった穴を埋めようと、怒濤のように忙しい五日間を過ごしていた。これでも人手不足を考慮し宿泊客を抑えているらしいのだが、紅湯庭の運営コストを下回っては、旅館自体の存続にかかわってしまうために、これ以上客数を抑えるわけにはいかないという若女将栄子の判断があった。

ただ、よいこともある。

それは炊亭たちが姿を消して以来、紅湯庭の怪現象は鳴りを潜めたのだ。そのため、非常に忙しくはあるが、紅湯庭本来の仕事に集中することができた。そして麻衣、高瀬、栄子はわかっている。おそらくこれは伊達スタッフサービスの面々のおかげであることが。

「ふう〜」

最も忙しい夕食を乗りこえ、麻衣は額の汗を右腕の袖で拭った。

「お疲れ様、あとは私がやっておきますから、ちょっと休んでいてください」

「え？　高瀬さんも休んでいないでしょう？　私も手伝いますよ」

「ははは、大丈夫ですよ。私は男ですし、それに紅湯庭の番頭ですから」

「栄子さんは？」

「ああ、栄子さんは今、以前に働いていた従業員たちに帰って来てほしいと、片っ端から連絡をしているはずです」

「うわぁ……それは大変そうですね」

「まあ、本人はやる気満々でしたから、その成果はあとで聞きましょう」

(栄子さん、働きづめで空いた時間に勧誘もしてるなんて、無理してないのか心配だな)

そう考える麻衣の表情を読んだように高瀬は言う。

「でも……栄子さんは言ってました。今、無理をしてでもやっておかなければ後悔するって。本人が望んでやっているんです。自分から望んで動いた仕事は、どんなに大変でもなんとかやれるんですよ、不思議なことに」

高瀬も明らかにオーバーワークであるにもかかわらず、笑みをこぼしながら言う表情は晴れやかだった。その理由は高瀬自身の言葉にあるのだろう。

この高瀬の言葉は麻衣の胸の奥に刻まれた。

思い返せば高瀬という人は常に紅湯庭のことを考え、紅湯庭のために行動していた。仕事量も増え、栄子からは警戒され、それでも自ら望んで動き、結果的に伊達スタッフサービスにまでたどり着いた。

「たしかに……そうですね。自分から望んでする仕事なら……。私、こんな当たり前なことを忘れていたかもしれないです。今まではただ条件だけで仕事を探していました」

自分自身を振り返って麻衣が呟くと、高瀬は笑顔のまま首を振った。

「いえいえ、条件で仕事を探すのは当たり前ですよ。そんな哲学的なことを言ったんじゃないです。ただ、そこに自分の望むことが重なるとなおいいね、ってくらいです。だってそれがあるとないとでは、仕事のやりがいだって変わりますから」

「あはは……高瀬さんが一番タフですね。よっぽど好きなんですね、この紅湯庭が」

「はい、好きです」

「それで栄子さんも」

「はい、そうですね！　……え!?　ちょっと！　今のは違いますよ！」

顔を赤らめて大いに慌てる高瀬の姿が滑稽で、麻衣は思わず吹き出してしまう。

「ふふふ、楽しそうね、ふたりとも」

笑い声を上げていた麻衣が声をかけられて振り返ると、そこには冷歌たちスタッフが揃っていた。

「あ、冷歌さん！　みんなも！」

麻衣は目を見開いて、冷歌のところに走り寄った。

「ただいま、麻衣ちゃん」

「帰ってきたよ、麻衣！　もう……本当に疲れた」

「麻衣さん、お待たせしました！」

麻衣は冷歌や海姫、颯太と燈二の無事を確認すると、ホッとして涙腺が緩んだ。

「お帰りなさい、みんな……」

冷歌は微笑すると麻衣の頭に手を載せて、軽く撫でながら高瀬の方に顔を向けた。

「まあ、いろいろと聞きたいことがあるでしょうから、早速報告に行きましょうか。栄子さんのところに案内してくれますか？　高瀬さん」

「はい！　もちろんです」

高瀬は大きな声でそう返事をすると、すぐに支配人室へ全員を案内した。

栄子は伊達スタッフサービスの帰還を知ると、すぐに皆を招き入れて応接用のソファーに座らせた。お茶かコーヒーを用意するために栄子が立とうとすると、冷歌が丁寧に断り、口を開いた。

「では、結果から報告しますね」

冷歌に皆の視線が集中する。特に麻衣や栄子、高瀬は緊張の面持ちで冷歌を見つめる。

「ＪＳＣは紅湯庭から完全に手を引くことになったわ。明日にでもその旨の連絡が入ると思います。もちろん、例の怪現象の嫌がらせもなくなると考えてくださって大丈夫です」

「！」

栄子は大きく目を見開き、口もとを押さえた。

高瀬は期待していた言葉を聞くことができ、喜びと嬉しさで拳を作る。

麻衣はというと、感動で言葉を失い、涙ぐんでしまう。

「冷歌さん、みんなありがとう！」

「なんか、麻衣にお礼を言われるのって変な感じだよね。麻衣はまるで紅湯庭側の人間みたいだよね、これじゃ」

「いいんじゃないかな？　喜んでくれているのなら。それだけ麻衣さんは紅湯庭のことを気にかけていたんだよ。なんてったってこの土地神が力を貸してくれるほど共感してたんですから」

海姫と颯太はそう言いながら笑みをこぼしている。

「でも、どうやってJSCに手を引かせたんですか？」

この質問をした途端、冷歌は微笑した。

「ふふふ……聞きたい？　麻衣ちゃん」

「ヒッ！」

思わず麻衣は背筋を伸ばした。それはいい笑顔なのだが……なんと言おうか目が笑っていない。

「冷歌も伊達さんのこと言えないよね。麻衣が怪我したことに相当キレてたもんね」

「え!?　そうだったんだ。どうりで容赦がなかったわけだね」

「颯太は知らなかったの？　まったく鈍感よねぇ。冷歌は怒りを面に出さないのよ。内に秘めるタイプなの。でもね、許せないことがあったときの怒りは……」

「う、うわ〜、それであんなことになったんだ。僕も冷歌さんを怒らせないように気をつけよ」

横で海姫と颯太が小声で言い合う。

「なにかしら？　海姫ちゃん、颯太君」

「『なんでもないです！』」

麻衣と同じく海姫と颯太もピンと背筋を伸ばした。

「まあ、川伊地。すべてを知る必要はないが、あえて言うなら僕らがやったのは、目には目を歯には歯を、だ」

燈二が横から冷静に口を挟んだ。

「目には目を……？　え？　じゃあ……」

「そうだ駒田という人間とチームを組んでいた人間全員に、紅湯庭と同じ気持ちを味わってもらっただけだ。二十四時間、な」

「に、二十四時間……」

「そうだ、二十四時間だ。それで夜な夜な紅湯庭から手を引け、という不思議な声を聞かせてやった。ほぼ全員が三日で音を上げたが、まあ、念のため、あと二週間は続けようかと考えている」

そう無表情で語る燈二に、麻衣だけでなく高瀬や栄子も表情が固まったまま、額から汗を流している。

（あんなのが二十四時間？）

「でもあれ、結構えぐいよね。物が飛び交うわ、女の人の泣き声は夜な夜な聞こえるわ、他には悪夢しか見ないとかトイレに化け物が現れるとか……普通の人だったら生きた心地がしないよね」

「そうだね、女の人が虫の湧いた体で追いかけてくるって……さすがに手伝っているこっちも、くるものがあったし」

（……へ？　今、なんて？）

海姫と颯太の不穏な会話に、麻衣の冷や汗は量を増した。その麻衣の様子に気づいた燈二が眼鏡に手を当てた。

「うん？　短かったか？　では、もう二週間延長を」

「いえ！　そうじゃないです！　それでいいと思います」

なにはともあれ、紅湯庭は怪現象から解放された。怪現象を引き起こし、紅湯庭のスタッフたちを脅して震え上がらせ、経営にも打撃を与えた連中なのだから、自業自得だとも思う。

（あ、そう言えば、怪現象を起こしていた相手の術者っていう人は、どうなったんだろう？　伊達さん、無事かな？　冷歌さんたちがここに報告に来たということは、無事なんだろうけど）

「あ、あの冷歌さん、伊達さんは無事なんですか？　まだ、こちらには来ないんですか？」

「ああ、相手の術者は無事よ」

「そうですか……よかった。……うん？　相手の術者？」

「今は相手の術者の後処理を済ませるとかで、明日の午前中にはこちらに着くそうよ」

なんだか会話が嚙み合っていないような感じがしたが、炊亨も無事なようなので、麻衣も胸を撫でおろした。

「それで……高瀬さん」

「は、はい！」

高瀬は最初は喜んでいたが、途中からはずっと俯いていた。自分の父である洋平のことを考えて、複雑な心境であろうことは容易に想像できた。

「あなたのお父さん……たしか洋平さんだったかしら？」

「は……はい、父は今……どうしているでしょうか？」

「いろいろと考えて、今回は洋平さんにはなにもしませんでした」

「……!?」

「正直、今回の洋平さんが怪現象に深く関わっているのはわかっていましたが、処遇については高瀬さんたちに任せる方が良いと判断しました。ただ、洋平さんはＪＳＣから解雇されるようです。私たちのお仕置きの責任を取らされたのかもしれませんし、元々、用済みになったらそういう手はずだったのかもしれません」

「……そうですか。いえ、ありがとうございます。でも私は、今はまだ父を許す気にはなりません。ですが、そのうち話すこともあるでしょう。その時に私は父に対してどうするかを、最終的に判断したいと思います」

高瀬は悲痛な表情で、しかし自分を立て直すように前を向いて冷歌たちに頭を下げた。これが実際、今の高瀬の本心であるのだろう。

「これでだいたいのことは片づきました。では、栄子さん、私たちの仕事はここまでです。明日の朝にはここを離れたいと思います」

麻衣は思わず栄子の方を向いてしまう。たしかにこれで伊達スタッフサービスとしての仕事は終わった。だが、一度、内部をガタガタにされた紅湯庭が大変なのはこれからで、早急な立て直しが必要になるのに、自分たちがいなくなって大丈夫だろうかと思ってしまう。

「ありがとうございます……。皆様のおかげで紅湯庭をギリギリのところで守ることができました。この度のことは一生忘れません」

栄子は深々と頭を下げると、麻衣に顔を向けてその目をジッと見つめた。

「特に……川伊地さん」

「あ、はい」

「川伊地さんには、どう言葉を尽くせば感謝を伝えることができるかわからないです。あのお湯神様の前で話したとき、実は私は心が折れてしまっていました。あそこに行ったのもお湯神様に謝るためでした……この紅湯庭を守れなくて申し訳ない、と」

「……そうだったんですか」

「ですが……あなたと勇ちゃんの言葉で思い直すことができました。お湯神様に見放されていないと、お湯神様はむしろ紅湯庭を守ろうとしていると、教えてくれた川伊地さんのおかげです。それで私は頑張ろうという気持ちになりました。川伊地さん、本当にありがとう。あなたは怪我までして……犠牲になるべきは私だったかもしれないのに」

栄子がふたたび頭を下げると、麻衣は気恥ずかしくなって慌ててしまった。

「え！ あ、栄子さん、やめてください。大袈裟ですよ！ 私はただお湯神様から感じたものを伝えただけで、私自身は別にたいしたことはしていません」

この様子を、冷歌をはじめとする伊達スタッフサービスの面々は、笑みを浮かべながら見守っている。すると、冷歌は腰を上げて高瀬に声をかける。その顔は少し前とは打って変わり、優秀な営業といった顔つきになっていた。

「では高瀬さん、私たちは帰る準備をいたします。この度は伊達スタッフサービスをご利用いただきありがとうございました。それで、報酬のお支払いの件ですが、今月末までにご入金をいただければと存じます。これが明細書になりますので」

そう言うと営業スマイルの冷歌は、明細書を高瀬に渡した。

「あ、はい、わかりました。必ず入金します」

今回は通常の派遣会社からの社員という形で来たので、そちらの給料は紅湯庭から出る。ということから高瀬に渡した明細は、『それ以外の業務』の報酬ということなのだろうと麻衣は考えた。

高瀬はその明細を受け取り、胸にしまおうとする。

「勇ちゃん、その明細を見せてもらえる？　それは紅湯庭で払いますから」

「え!?　これは私が個人的に伊達さんにお願いしたものなので……」

高瀬がそう言うと、栄子は首を振った。

「違うのよ。いえ、紅湯庭として支払うのは当然なのだけど、それだけじゃないの。おそらくこちらで処理した方がいいと思って」

そう言いながら栄子は冷歌に向けて申し訳なさそうな表情を見せる。冷歌はその栄子の表情の意味がわからず、栄子をただ見つめ返した。

「あの……冷歌さん、申し上げにくいのだけど、こちらを見てください」

「？」

栄子は胸から数枚の封筒を取り出して冷歌に差し出した。

「これは？」

「その……それは、なんと言いますか、単刀直入に言いますと……請求書です」

「…………………は？」

（あ、冷歌さんが呆気に取られる顔を初めて見たな）

などと麻衣が感心していると、冷歌はすぐさまその封筒から取り出した数枚の請求書を開き、中身を確認する。

「こ、これは……こっちも！　しかも……この額」

冷歌の顔がみるみるうちに青くなっていき、ワナワナと体を震わせている。

「海姫ちゃん、どうしたのかな？　冷歌さん」

「わからないけど、請求書って……なんでうちが請求されるのよ」

「そうだよね、僕らは仕事をしているんだから、請求することはあっても請求されることなんて……」

冷歌がバッと顔を上げて栄子を見ると、栄子も困った顔で申し訳なさそうに説明をする。

「そ、そちらは……皆さんが働いている時の紅湯庭の使用料になっていまして……伊達さんはその……ずっと、うちの最上級のスイートにお泊りでしたから、おひとりで……」

「「「ハアーン!?」」」

全員が驚愕した。どうやら冷歌さえも知らない話のようだった。

「それで……内訳は部屋代とお部屋でのアルコール代と食事などの追加料金、紅湯庭内のバーでの代金が主になっていて……。ですので、そちらをこの報酬と相殺しておきますね……あら、結構足りないですね、どうしましょう」

「高瀬さん！　高瀬さんは知ってたんですか!?」

麻衣が大きな声を上げてしまう。

「はい！　あ、いや、皆さんもご存知だと思って……。伊達さんも調査が難航しそうだから体を休めるために……と。最初はスタンダードの部屋だったのですが、豪華な部屋風呂があるほうがいいと、二日目からはそちらに移動されました。調査費はこちらに請求するとおっしゃったんですが、さすがにスイートの部屋代までこちらが負担するのは難しいのと、明らかにご自分の分の飲食のものは請求させてもらおうということになりまして……」

「ななな、なんて人！　でも、私たち伊達さんの姿なんか宿内で見てないですよ⁉　すっかり外で情報収集していたんだと思って」

もはや怒りを飛び越して呆れる麻衣の横で、まだワナワナと体を震わせていた冷歌がハッとする。

「あ、あいつまさか……あの時の」

『冷歌、あとでみんなの配置が決まったらその職種とシフト表をちょうだい。俺もみんなのだいたいの居場所と働く時間を把握しておきたいから』

それはこの紅湯庭に到着した当日の、炊亭の何気ない指示だった。

「あいつ……それでうまく私たちを避けて宿内で会わないように」

「「な、なんていう……クズ」」

麻衣と海姫が初めてシンクロした。

そこで大事なことに気づいたように、海姫が大きな声を出した。

「ちょっと待って！　冷歌さん。ということは……私たちのボーナスは⁉　約束しましたよね、伊達さん」

「……」

会社の財務を担う冷歌は海姫から目を逸らす。

「……⁉」

大きく目を見開いて涙目になる海姫。

「あ、こ、こちらの不足分はサービスします！　これぐらいはお返しさせてください」

「え、栄子さん……!?」

栄子のこの発言に、冷歌は今度は感動で震えている。

「ありがとうございます、栄子さん！」

冷歌は何度も栄子に頭を下げている。先ほどとはまったく逆の絵になっていた。

「冷歌さん……その請求書を見せてください」

燈二はそう言うと、冷歌の持つ請求書を取り上げて中身を確認する。そして……眼鏡の位置を直し、請求書を冷歌に返すと立ち上がって颯爽と出て行こうとするので麻衣は驚く。

「さ、真田寺さん、どこへ？」

「あいつを殺して……海に捨ててくる」

「ちょっとぉぉ！　待って！　落ち着いてください！　いつも冷静な真田寺さんらしくないですよ！　颯太君、手伝って」

「は、はい！」

麻衣は驚愕して、圧倒的な殺意を漲《みなぎ》らせて出て行こうとする燈二の左腕に抱きついた。

「真田寺さん……私も行くわ。よく考えたらあの人、速やかに解決したときの最高額はこれぇ！　みたいなこと言ってましたよね。それでなんです？　これ。早く終われば自分の宿泊数が減るってことだったんですか？　うん、やっぱり殺しましょう」

「海姫ちゃんまで⁉　あああ、海姫ちゃんの目が本気……いつもは伊達さんのことを考えても無駄って言ってたのに⁉　やっぱり人はお金が絡むと……冷歌さん！　止めてください！」

「みんな落ち着きなさい！」

ここで冷歌が殺気立っているメンバー全員を一喝する。すると皆、動きを止めて冷歌に注目した。

（よかった……とりあえず、この場は収拾がつきそう。さすがは冷歌さん）

「明日の朝には炊亭はここに来るわ、その時に殺《や》ればいいでしょう！」

「収拾できない⁉」


……次の日の朝。

「みんなー、お仕事、ご苦労様。迎えに来たよー。いやあ、俺も疲れたよ。俺が倒した術師はさぁ、これがかなりの強敵で、俺も命の危険を感じながらも戦ったんだよぉ……って、なんでみんな俺を縛るの？　それで今、俺はなんで命の危険を感じるのかな？」

呑気な顔で現れた炊亭は、一切の表情のない冷歌、燈二、海姫によって有無を言わせず、あっという間に縛り上げられた。そして、車の後部座席に放り込まれる。

「むーむー‼」

皆の迫力になにも言うことができない麻衣が、車に乗り背後を振り返ると、蓑虫のように転がる我らが社長の姿があった。

「はい、じゃあみんな帰りましょう。東京に行く前に人気のない岬に寄って、ゴミを捨てて帰りますからね。じゃあ、燈二君、安全運転でお願いね」

「わかりました」

（いや、ひとりだけどうあがいても安全に帰れない人がいますけど……）

その後、炊亭が本当に海に捨てられたのを見て麻衣は驚愕したが、次の日には元気にオフィスに現れて、麻衣は思わず真言を唱えたのだった。

エピローグ

紅湯庭の仕事から一週間が経ち、麻衣は伊達スタッフサービスのオフィスに顔を出していた。

「わあ、ありがとうございます。いい香り！　あ、冷歌さん、無理はしてないです。ただ、もうちょっとだけ続けてみようと思ったんです」

「本当に続けてくれるの？　麻衣ちゃん、無理はしてない？　はい、これを飲んでみて、私のお勧めだから」

「うちにとっては本当にありがたいけど……理由を聞いてもいいかしら？」

「はい……実は私、今まで自分の霊感の強さが嫌で仕方ありませんでした。こんな能力、なければいいのにってずっと思ってたんです。怖いだけで役にも立たないって……。だから、みんなに霊感の強さを褒めてもらった時も正直、複雑な気分だったんです。なんというか……嬉しいのに心からは喜べていないみたいな」

「……」

「でも紅湯庭では……私、初めてこの力が役に立ったと思いました。お湯神様の心がわかって、それで紅湯庭を助けたいって気持ちになりました。お湯神様の思いを栄子さんや高瀬さんに伝えることができて、よかったと思ったんです。もし、私に霊感がなければ、こんなことはできませんでした」

「……そうね。あれはまさしく麻衣ちゃんのお手柄だったわ。でもね、麻衣ちゃん、ひとつだけ私の考えを言うと、霊感っていうのは、たぶん個性であり才能なのよ」

「個性……？」

「そう。世間では非科学的だという理由で、認めてくれる人は少ないけどね。でも、私はそう思っているわ。だって考えてみて、ここには麻衣ちゃんと同じく特殊な能力を持っている人間たちが集まってるけど、その能力の特徴は全員、違うわ。同じように霊感があっても得手不得手が出てくるの。たとえば身体能力が高くても、どのスポーツ種目が得意かはその人によるでしょう？　たぶん、霊感も一緒。その人の性格やセンスが関係するんだと思うの。もちろん、私たちは修行をしてそれを磨いているけどね」

「修行ですか……そうですよね。天然であんな能力を持っているわけがないですよね、霊感があってもそれを活かすように努力をしないとだめなんですね」

「ふふふ……」

冷歌は麻衣を見つめて微笑する。

「私は怖がるばかりで自分の霊感ときちんと向かい合おうともしなかったです。でも、正直、そんな私を伊達さんはよく勧誘してきましたよね。だって、あまり役に立たないじゃないですか。とにかく人員が欲しかったんですかね？　あの人のことだから」

麻衣がそう言うと、冷歌は少しだけ考えるようなそぶりをみせてから苦笑いする。

「ああ、それはねぇ……ここだけの話よ。炊亭に言うと怒られるから」

「え？　はい……」

「霊感の強すぎる人間は、通常の人よりも危険な目に遭うことが多い場合があるのよ。それは麻衣ちゃんもわかるでしょう？　なんの知識もスキルもないままに放置していると、本人の意思に関係なく、人ならざるものに頼られたり襲われたりで、時には命だって危ないこともあるの。ましてや麻衣ちゃんぐらいに霊感が強いとなるとなおさらよ。あいつはね、それをよく知っているから、放っておけなかったのよ……きっと」

「え……まさかぁ、そんな……伊達さんが？」

麻衣は冷歌のこの意外な話を聞いてひどく驚いてしまう。

（あの伊達さんがそんなこと……あんないい加減で適当な人が、他人の心配とかするわけがない。あ、でも……）

この時、麻衣は炊亭から毎日するようにと言われた真言のことや、紅湯庭で麻衣が怪我したことに怒りを露わにした炊亭の姿を思い出してしまい、考え込む。

（たしかに……孔雀明王の真言のおかげであの鬼から身を守れたし……じゃあ、冷歌さんの言っていることは本当なのかな）

「おーい、新しい仲間たちを紹介するよーー！　あ、麻衣ちゃん、来てたんだ！」

そこに底抜けに明るい声が響き、炊亭が上機嫌でオフィスに入ってきた。しかも、新しい仲間を連れてきたと言うので冷歌も麻衣も驚く。

「さあ、入っておいで！」

炊亭が出入り口のところで手招きすると、二十歳前後ぐらいに見える若い派手な格好をしたふたりの女の子たちが、警戒しながら中を覗き込んできた。

彼女たちはドアの外から中を見渡すと、目に見えてガッカリするような表情になる。

「聞いているのと違うじゃない！　こんな小さくて汚いオフィスなんて嫌よ！」

「お茶だけ出していればいいって言ってたけど、こんなところだなんてあり得なーい」

そう言うとふたりの女の子は中にも入らずに、去っていってしまった。

「ええ!?　そんな！　待ってよぉ！　お給料はずむからぁ！」

女の子たちを必死に引きとめようとする炊亭は、涙目になっている。

はるかに年下の女の子たちに縋るように懇願している炊亭を、麻衣は目を半開きにして見つめた。

「……冷歌さん」

「なにかしら？　麻衣ちゃん」

「あの子たちも……その……霊感とか強いんでしょうか？」

「いえ……普通の子たちね」

「……」

すると慌てて炊亭が戻ってきて、ドアのところから冷歌と麻衣に大声で言う。

「ちょっと！　冷歌、麻衣ちゃん、引きとめるの手伝って！　俺の夜の秘書たちが……ブ炊亭の顔に、麻衣と冷歌が投げつけたマグカップと分厚いファイルが命中したのだった。

「フォ!?」

数日後。

麻衣は次の派遣先の説明を受けるために、伊達スタッフサービスのオフィスを訪れていた。

早めに到着した麻衣はオフィスの窓から街並みを眺め、今後のことを考えている。

仕事や生活、そして、将来のこと。

ただ今は……この伊達スタッフサービスで頑張っていこうと麻衣は決めた。

麻衣が振り返るとオフィスの中央で冷歌に延々と説教され、頭を垂れている炊亭がいる。

この会社、大丈夫なんだろうか？　と本気で心配になってきた。

「川伊地……早いな」

「あ、麻衣さん、こんにちは！」

「麻衣はいつも早いわね。暇なの？　だったら今度、私に付き合ってよ」

そこに燈二、颯太、海姫が現れ、麻衣は挨拶を返しながら周囲を見渡した。

でも、ここには優秀なスタッフたちがいるから大丈夫かな、と麻衣は思うと……ごく自然に笑みがこぼれた。

あとがき

はじめまして、たすろうです。この度は本作「伊達スタッフサービス～風の吹く丘で悠久の空に抱かれながら～」をお手にとっていただき、誠にありがとうございます。

え？　題名が少し違う？　おかしいですね。私が描いたのは、たしかに感動スペクタクル現代アクション恋愛叙事詩ダークミステリーだったのですが。そういえば、私を担当してくださった編集のY様、S様も連絡が途絶えたままですし……まさか、見捨てられ……。

すみません、冗談です。

この物語をお読みいただき、楽しんでいただけましたでしょうか。読者様が少しでも楽しんでいただけたのでしたら幸いです。

ちょっと突拍子もない物語にも感じられたかもしれませんが、主人公の川伊地麻衣は霊感が強い以外はいたって普通の女性です。彼女は仕事と人生をどのようにリンクさせるかを真剣に悩み、自分の長所や特徴を見出すことに苦労しています。

それはどうでしょう、読者様の中にも似たような経験があるという方がいるのではないでしょうか。

そんな彼女が決断したのは、まず自分の身の置き場を変える、ということだったんだと思います。ただ、その〝身の置き場〟が、たまたま「伊達スタッフサービス」だったということが、彼女の予想をはるかに超えて環境を変化させました。

ですが、それはやはり、たまたま、なんです。良くも悪くも現状を変えることを選んだ麻衣が生んだものです。そこで出会った伊達炊亭やその他のスタッフたちは新しい環境の構成要員でしかありません。この決断が良かったかどうか、それは麻衣自身がこれから決めていくことになるのでしょう。

麻衣に限らず、こうやって私たちは自身の決断によって自分の物語を作り、動かし、生きていくのだと思います。麻衣の場合は、さすがに極端でしたけどもね。

皆様の目にはどう映りましたでしょうか。

最後に、この作品を書かせていただく機会をくださったマイナビ出版ファン文庫様に心より感謝を申し上げます。これも関係者の皆様や読者様のお陰だと思っております。

本当にありがとうございました。

たすろう

この物語はフィクションです。
実在の人物、団体等とは一切関係がありません。
本作は、書き下ろしです。

たすろう先生へのファンレターの宛先

〒101-0003　東京都千代田区一ツ橋2-6-3　一ツ橋ビル2F
マイナビ出版　ファン文庫編集部
「たすろう先生」係

ファン文庫

伊達スタッフサービス
～摩訶不思議な現象は当社にお任せを～

2019年5月20日　初版第1刷発行

著　者　　たすろう
発行者　　滝口直樹
編　集　　山田香織（株式会社マイナビ出版）　定家励子（株式会社イマーゴ）
発行所　　株式会社マイナビ出版
〒101-0003　東京都千代田区一ツ橋2丁目6番3号　一ツ橋ビル2F
TEL　0480-38-6872（注文専用ダイヤル）
TEL　03-3556-2731（販売部）
TEL　03-3556-2735（編集部）
URL　http://book.mynavi.jp/

イラスト　　烏羽雨
装　幀　　中澤千尋＋ベイブリッジ・スタジオ
フォーマット　　ベイブリッジ・スタジオ
ＤＴＰ　　富宗治
校　正　　株式会社鷗来堂
印刷・製本　　図書印刷株式会社

 ISBN978-4-8399-6906-6
Printed in Japan

Fan
ファン文庫

あやかし動物病院の診察カルテ

著者／一文字鈴
イラスト／秋月アキラ

人間と動物、あやかし、それぞれ違うけど
大切に想う気持ちは一緒

新人動物看護師の梨々香はあやかしたちの力を借りて、
黒瀬動物病院に訪れる飼い主たちの悩みを解決していく──。

Fan
ファン文庫

あやかしだらけの託児所で働くことになりました

著者／杉背よい
イラスト／pon-marsh

「第3回お仕事小説コン」入選作を書籍化！
疲れ知らずの先生の秘密とは——？

教師になる夢に破れた創士が辿り着いた街のビルの中の託児ルーム『さくらねこ』。そこは一風変わった先生と元気な子どもたちが集う託児所だった!?